VOCÊ NUNCA MAIS VAI FICAR SOZINHA

TATI BERNARDI

Você nunca mais vai ficar sozinha

2ª reimpressão

Copyright © 2020 by Tati Bernardi

Grafia atualizada segundo o Acordo Ortográfico da Língua Portuguesa de 1990, que entrou em vigor no Brasil em 2009.

Capa
Ale Kalko

Foto de capa
George Marks/ IStock

Preparação
Maria Emilia Bender

Revisão
Renata Lopes Del Nero
Clara Diament

Os personagens e as situações desta obra são reais apenas no universo da ficção; não se referem a pessoas e fatos concretos, e não emitem opinião sobre eles.

Dados Internacionais de Catalogação na Publicação (CIP)
(Câmara Brasileira do Livro, SP, Brasil)

Bernardi, Tati
    Você nunca mais vai ficar sozinha / Tati Bernardi. —
1ª ed. — São Paulo : Companhia das Letras, 2020.

    ISBN 978-85-359-3341-3

    1. Ficção brasileira I. Título.

19-34418   CDD-B869.3

Índice para catálogo sistemático:
1. Ficção : Literatura brasileira B869.3
Maria Alice Ferreira – Bibliotecária – CRB-8/7964

[2022]
Todos os direitos desta edição reservados à
EDITORA SCHWARCZ S.A.
Rua Bandeira Paulista, 702, cj. 32
04532-002 — São Paulo — SP
Telefone: (11) 3707-3500
www.companhiadasletras.com.br
www.blogdacompanhia.com.br
facebook.com/companhiadasletras
instagram.com/companhiadasletras
twitter.com/cialetras

*Para minha avó, minha mãe
e minha filha*

1.

Oi, eu sou a senha preferencial 76. Prefiro fazer o de urina primeiro porque estou apertada. Se bem que melhor não. Vamos começar pelo de sangue porque tenho hipoglicemia e já estou há horas sem comer. Posso tomar o lanchinho e depois voltar e colher a urina sem pegar fila? Tudo bem, esquece. Não tenho aflição de agulha, só não fico encarando. Nossa, precisa tudo isso de tubinho? Quase dez semanas. Vomitei só duas vezes, mas tive vontade umas duzentas. Não sou daquelas grávidas saltitantes, não me tornei um unicórnio alado da alegria suprema. Amo esse filho, amarei esse filho. Acho que é menino. Falo pras pessoas que com tanto mal-estar e cansaço e prisão de ventre nem uma dessas mocinhas bem bobas e leves e "apaixonadas pela vida" permaneceria solar. Mas é mais do que isso.

Poderia dizer que parei com o Efexor assim que descobri que estava grávida e esse desmame repentino me fodeu a cabeça. Mas é mais do que isso. Não é exatamente divertidíssimo ver meu escritório em casa se transformando num quarto de bebê. Não é exatamente natural e mágico ver meu corpo, que trabalhava quinze horas por dia e fazia pilates e musculação e sexo, se arrastar deprimido pelo jardim do prédio. Sinto que toda a minha energia vital foi sugada por um pequeno óvni e que, enquanto isso, uma torcida organizada (pela minha mãe) chamada "todo o resto da humanidade" chacoalha pompons na minha cara e levanta faixas com os dizeres "tem que se sentir muito animada e abençoada ou você é uma vaca".

Ai! Eu sempre sinto mais dor na hora de tirar a agulha.

Estou com muito corrimento, excesso de saliva e uma ligeira vontade de pular da janela. Minha boca vive com gosto de prego enferrujado. Virei um corpo sem desejo e sem ânimo hospedando um negocinho minúsculo que transformou minha rotina num conjunto de dias longos, tristes e desesperadores. E, porque as pessoas são insuportáveis e cruéis e ignorantes, ainda lido diariamente com a pergunta "mas você não está feliz?". Ou: "Você não ama o seu bebê?". Que bebê, minha gente? Ceis tão vendo alguma coisa aqui além desse balde vomitado que eu deixo ao lado da cama caso não dê tempo de chegar ao banheiro?

Outro dia fiquei pensando que desenho eu faria de mim e me imaginei presa a uma bola de ferro. Mas a corrente da bola ia até meu coração.

2.

Contei de quando a Tia Perseguida me chamou pra ver o formato do cocô dela? Ela chorava e falava: "Não parece um caranguejo?". Não, tia! "Parece sim! Isso é um sinal! Caranguejo é câncer no zodíaco! Será que tenho câncer de intestino?"

Aos vinte e cinco anos ela era uma moça muito bonita e tinha vários namorados. Anotava num bloquinho, que deixava ao lado do telefone, a desculpa que era para dar a cada um deles, quando ligassem. Meu avô se atrapalhava e ela ficava puta. A gente achava aquilo tão moderno, tão feminista, tão descolado. Mas já era a doença. Certa feita ela aceitou o pedido de casamento de todos e, quando estava tudo pronto, ela casou com o mais estúpido deles "porque tinha o corpo mais forte" e achou educado convidar os outros pretendentes para o casamento. Assim que nasceu sua filha, ao vê-la em seus braços, ficou possessa porque era a cara do pai: "Vou ter que ter outra para parecer comigo, não dá pra ter uma filha com a cara desse idiota".

Minha mãe e minhas tias nasceram no Belenzinho, em

uma rua chamada rua dos Gloriosos. Acho incrível como, às vezes, um nome pode servir como uma ironia ambulante a encalçar toda a vida de uma pessoa. Por exemplo, a menina mais feia da minha escola era a Bela. A mais maluca e pilhada, a Serena. O meu namorado mais brocha obviamente vinha da família Hirto. E por aí vai.

Na rua dos Gloriosos, todo mundo era o que chamávamos de "não deu em nada". Igual minha avó dizia sobre as filhas e sobre mim: "Ninguém dessa família vai vingar".

Elas viviam falando de um vizinho que era fiscal da prefeitura, chamavam ele de "gênio da propina", dono de vários terrenos na praia, que morou com a mãe numa casa caindo aos pedaços até os sessenta e quatro anos, e então morreu (antes da mãe) sem nunca ter ido à praia.

Contavam também do Poli, um garoto bem burro que, misteriosamente, conseguiu entrar na Escola Politécnica da USP, a Poli. Logo depois da universidade começo a beber, parou de fazer a barba e não fez mais nadinha da vida. Nunca trabalhou como engenheiro. Nunca trabalhou com nada. Até que um dia virou o Gole.

Tinha a Sâmia, herdeira do maior supermercado do bairro, que passou a vida trabalhando de caixa, tamanho medo de ser roubada. Guardou no quartinho de empregada da sua casa cada centavo que ganhou. Convertido em dólar, claro! Nunca namorou. Não acreditava no amor nem nos bancos. Morreu de infarto e os irmãos foram primeiro ao quartinho contar a grana e depois acudir o corpo dela caído no chão do seu quarto.

Daí a coisa descambava para o Rabisco, filho de um vereador conhecido do bairro. O cara fez até mestrado nos Estados Unidos, mas virou vendedor de maconha e cocaína em porta de escola pública, levou tiro na cabeça, ficou lelé e acabou um *wannabe* de pichador, conhecido por rabiscar a parede da casa de todos os adolescentes que ficaram devendo grana de droga pra ele.

A casa da frente da casa dos meus avós era de uma família bastante excêntrica que resolveu construir um castelo medieval com elevador panorâmico e aquelas sacadas redondinhas como se a Evita Perón fosse cantar de lá, imitando a Madonna imitando a Evita Perón.

A rua dos Gloriosos contava ainda com o que minhas tias apelidaram de Tchambolão. Um cara bem alto e bem bobo que, segundo elas, tentava transar com todo mundo. Ele andava pela rua gritando "Marcelinhooooo", que era o nome do irmão dele, de cinco anos. O Tchambolão tinha uns trinta. Minha mãe gosta de explicar assim: "A pessoa com retardo é sempre muito taradona". Morriam de medo que eu saísse na rua e o Tchambolão me pegasse. "Cuidado com o Tchambolão" foi a frase que mais ouvi na infância e depois durante a adolescência. Nunca vi o Tchambolão com nenhuma mulher e nunca soube de ele ficar dando em cima de mulher. Até hoje ele só é visto gritando "Marcelinhoooo!!!". Talvez essa seja mais uma das lendas que minhas tias e minha mãe gostavam de inventar. A maioria das lendas da minha família é sobre alguém muito tarado e com retardo.

A rua dos Gloriosos também tinha a Chocolate, uma garota bem boazinha que menstruou pela primeira vez, aos onze anos, na escola, e ao apontarem a sujeira em sua calça ela cheirou e falou "é chocolate". A rua toda ficou sabendo e minha família riu disso por muitos anos. Hoje em dia lembro dessa garotinha e queria ser a mãe dela e sair pela rua batendo em todo mundo que debochasse dela. Algumas pessoas também a chamavam de "A Fantástica Fábrica de Chocolate". Dez anos depois, quando ela engravidou de um cara todo cheio de espinhas, falaram que era o cruzamento da Chocolate com o Chokito e que nasceria o Lollo. Por causa dessa piada, os pais deram ao filho o nome de Lorenzo e o chamam de Lollo até hoje. Taí uma coisa bonita da rua dos Gloriosos: a gente aceitava a piada. Era um jeito de ser famoso, sei lá. Sacanear os outros era um jeito de amar. Ser humilhado, uma maneira de ser amado.

E assim foi a relação da minha avó com as três filhas, das irmãs entre si e de todas essas mulheres comigo. E assim foi, por muito tempo, a minha relação com conhecidos, amigos e namorados. Esmiuçar uma pessoa até reduzi-la à minha limitada compreensão, capturar um ser humano feito uma mosca tonta na minha rede de segurança e puxar setinhas a lápis e em cada uma botar o nome que darei para cada micropedaço desconjuntado de um microscópico corpo de inseto. Esse talvez tenha sido o jeito de amar que eu aprendi. E rir muito da cara de todos, sempre. E conhecer, analisar, maldizer, desacreditar. Catalogar, guardar. Depois, talvez, elevar, renomear as qualidades, abrir o tubo de ensaio.

3.

Oi, sou Karine, senha preferencial 105. Vim pra glicemia de jejum. Sim, estou em jejum. Sei lá, tenho tanto enjoo que devo estar em jejum há dez dias. Foi piada, moça.

Queria, sim, estava tentando. Sim, sempre quis. Mas como dá pra amar um amontoado minúsculo de células que simplesmente jogou uma bomba na minha vida, me diz? Eu até converso com ele, no banho. Digo coisas como "mamãe vai te amar um dia, mas não está curtindo a gravidez, e isso não tem nada a ver com você". Ou "estamos juntos tentando virar um ser humano, não vamos desistir".

Só queria que alguém me abraçasse e falasse "sim, estar grávida é estranho".

Tomei tanto Vonau que estou há nove dias sem fazer cocô. As pessoas falam "fui demitida justo quando comprei a casa" ou "ele me largou na missa de sétimo dia do meu pai", e eu penso "nada pode ser pior do que não cagar, troca comigo de problema?".

Quando escutei o batimento cardíaco, gravei no celular

e mandei para alguns amigos e parentes. Ah, que dia maravilhoso! Depois, no banho, entrei no mais completo desespero. E se eu nunca mais conseguir trabalhar? Nem dormir? Nem ser jovem? Nem ser filha da minha mãe? Nem ser namorada do meu marido? Nem ser magra? Nem ser livre? Nem ser uma pessoa que decide ir ao cinema e simplesmente vai ao cinema? Por que eu não estava plena, dando piruetas de contentamento?

Você tem filhos? Te falei que eu sou senha preferencial? Então por que a demora? Adoro ser preferencial. Nasci num bairro de São Paulo chamado Belenzinho. Tem gente que fala que esse bairro nem existe, que na verdade tudo ali é Mooca. E que, se existisse, nem é Belenzinho que fala, é Belém ou Brás.

Onde você nasceu, Beth? Agora você imagina ser a Karine do Belenzinho, e aos quinze anos começar a frequentar as matinês dos riquinhos. Foi quando eu descobri que estava tudo errado. Eu não tinha ideia de que estava tudo errado até começar a frequentar essas baladinhas vespertinas. Minha roupa, meu cabelo, meu nome, minha casa, minha escola. Perguntavam se eu era do Vera Cruz ou do Santa Cruz. Eu respondia que era de uma escola do Belenzinho. Riam e falavam "ela deve estudar no Cruz Credo". Um pouco mais velha, nenhum garoto queria me dar carona para casa. Eu falava Belenzinho e eles respondiam "mas isso ainda é São Paulo?". Uma vez um cara me levou até em casa e quis me agarrar no carro "pela gasolina" que gastou. Achei que era brincadeira e fiquei rindo, e ele sério. Saí correndo, rindo, balançando a cabeça. "Eu conheço cada cara engraçado." Porque não dá pra imaginar que existam essas pessoas, né? Daí você me pergunta "então por que você não saía com os meninos do Belenzinho?". Porque todos que eu conhecia eram da minha escola e na minha escola eu não era bonita. Um uniforme azul e amarelo enfiado num corpo magrelo. Eu só era bonitinha nas minhas roupas provocantes para ir nas matinês e naquela época as únicas matinês boas eram as dos riquinhos.

4.

Karine, senha preferencial 287, urina e ultrassom.
Prefiro urina primeiro.
Quando eu tinha uns seis anos, minha mãe sofria de cólicas terríveis porque seus rins estavam cheios de pedras. Algumas delas, de fato grandes e pontiagudas, enfeitavam um móvel no quarto dos meus avós, ao lado da caixa de pó de arroz e da caixinha de música (além de um dos pezinhos da bailarina estar quebrado, o som tocava baixo, falhado, esganiçado). Se eu apertasse a pedra cheia de pontas afiadas do rim da minha mãe, saía sangue do meu dedo. E eu apertava e pensava na minha mãe e que guerreira e maravilhosa e corajosa e sofredora era aquela mulher tão bonita que, não bastasse passar por aquelas cólicas tenebrosas, ainda cuidava das minhas crises de tosse alérgica por toda a noite.
Quer dizer, não era bem assim. Comecei a sofrer de tosse alérgica lá pelos cinco anos. Nessa época, minha mãe já pedia o divórcio para o meu pai havia muito tempo e ele não saía de casa. Então eu dormia na cama do casal, de mãos dadas

com ela, e meu pai dormia no meu quarto. Quando eu desatava a tossir sem parar, minha mãe me levava no colo até o quarto em que meu pai estava (que era pra ser meu, no caso) e dizia "toma, eu preciso acordar cedo pra trabalhar, você não porque é um encostado, se não estiver contente sai dessa casa". Em alguns meses meu pai deu a separação que minha mãe tentava desde que eu tinha nascido.

Mas voltando às pedras nos rins (eram muitas e nos dois rins). Em uma das crises, minha mãe andava de quatro pela casa, vomitando. Minha avó me falava "olha para o outro lado, para que ficar encarando sua mãe, não vê que ela está mal? Vai brincar, porra!".

E eu ia brincar porque tinham mandado, mas que criança brinca sabendo que a mãe está andando de quatro e vomitando pela casa? Achava que pedra no rim era algo que iria acontecer comigo na vida adulta e pensava "que terrível é a vida adulta". E que terrível mil vezes, porque, pensa, quando se é adulto não basta passar por tudo isso, ainda tem os filhos e tem que cuidar deles. Ser adulto é passar mal e querer sua mãe mas já ser mãe e seu filho querer você. Então é como se a gente agendasse ficar mal para o outro ano, para outra vida. Agora não dá tempo de cair. Pular da janela está programado para quando meu filho estiver indo pra faculdade. Me desesperar, estou sem horário nesse semestre. Crise de pânico, tentei encaixar, mas não encontrei data.

Minha avó se sentia muito sozinha. Tenho certeza disso. Uma vez, quando uma panela de pressão explodiu no fogão, ela chorava desesperadamente e meu avô dizia "é só uma panela". E ela respondia "você não entende porra nenhuma, filho da puta". Minha família fala muito palavrão e ninguém entende ninguém. Ser adulto também é esse monte de mulher sozinha para sempre cuidando de um monte de mulher sozinha para sempre.

    Quarenta e oito horas depois que minha avó morreu, completamente sozinha em casa, de infarto, minha mãe passou mal, se jogou no chão dando murros no peito e foi levada às pressas ao hospital para ver o coração. Lembro que pensei "só me faltava ser alguma promoção tipo 'morre um, enterra dois'".

5.

Oi, vocês me chamaram? Karine, senha preferencial 22. Exame de fator Rh para ver se tem incompatibilidade. Cada coisa, né? Desde os vinte anos quero ser mãe, não faria o menor sentido meu corpo rejeitar o bebê.

Ah, lembro sim! Que bom que é você de novo, Beth, não doeu nada da última vez. Prefiro tirar do braço direito, dá para ver melhor a veia.

Não posso falar por todas as mulheres, não posso chamar isso de "ser mulher", mas procurei, em toda a minha vida sexual, e provavelmente antes dela, o esperma que traria o meu filho. Fosse numa pousada romântica no alto de uma montanha, fosse num fim de festa com caras cujo nome eu não lembraria depois de alguns meses. O impulso que me tirava de casa, me tirava a roupa, me atirava nas pessoas, era sempre de enfiar dentro de mim um corpinho com um pequeno coração batendo mais forte que o meu.

Eu estava fazendo um filho quando, aos catorze anos, descobri que na escada do prédio de um primo não havia câmeras e era muito, muito escuro. Meu primo morava a umas vinte quadras da minha casa, mas eu e meu namorado da época, o Cadu, andávamos decididos, atléticos, firmes e em silêncio até lá. Era um condomínio com vários prédios e éramos o casal com mais cara de "saídos da missa", então ninguém perguntava nada, só abriam a porta. De mãos dadas e ágeis, praticamente correndo alcançávamos a reclusão e o excitante barulho do poço do elevador.

    Chegando lá, o que fazíamos era o seguinte: ele sentava em um dos degraus, eu sentava no colo dele, encaixada de frente pra ele, então nos beijávamos simulando uma transa entre calças jeans. Ficamos juntos por três anos e nunca avançamos desse ponto.

    Eu estava fazendo um filho quando, aos trinta e dois anos, resolvi que as sete pessoas daquela festa deveriam ficar peladas e fazer tudo o que eu mandasse. Quando, aos treze anos, entreguei um bilhete para o Rodriguinho combinando de transar à tarde. "Não vai ter ninguém na minha casa." Acho que escrevi em inglês porque a gente estava na aula de inglês. A mãe deixou ele na minha casa com uma mochila cheia de livros. Eu vi que dentro de um deles tinha uma fileira de camisinhas, como se fosse um marcador de páginas. Falei para a faxineira ir embora. Botei minha calcinha branca de renda, que era a mais bonita, a mais madura, mas tinha uma manchinha de corrimento que nunca saiu nem quarando. Deitei na cama só de calcinha e com um sutiã igualmente branco mas de outro conjunto, cuja calcinha estava meio amarelada por motivos de fundo de gaveta, e esperei que ele fizesse o resto. Ele beijou minha coxa direita, minha barriga, meu pescoço e minha boca. Selinhos rápidos, sem carinho, sem tesão, sem nada. E mesmo assim eu jamais veria novamente um pau tão duro. Mentira, é que era o primeiro e fiquei bastante impressionada. Acho que chacoalhei para os lados em vez de fazer o movimento correto e demos risada. Ele enfiou o dedo em mim, mas achei uma coisa tipo usar gilete pra tirar os pelos do braço, ou seja, "aff, pra que isso?". Ele foi embora. Soube desde o primeiro segundo que jamais transaria naquela tarde. Ele também.

Eu estava fazendo um filho até quando quis terminar com o pai do meu filho, como terminei com todos os homens que conheci, para continuar sozinha e triste e infantil e poder ficar para sempre com a minha mãe. Porque minha mãe terminou com todos os homens para poder ficar para sempre com a minha avó e também para poder ficar eternamente comigo.

6.

Boa tarde. Sou a senha 186 preferencial. Vim trazer minhas fezes.

Enquanto morei com a minha mãe, nunca pude me fechar no quarto. Se ela virasse a maçaneta e a porta estivesse trancada, berrava instantaneamente: "O que você está aprontando aí dentro, Karine?", e ficava batendo até que eu aparecesse cheia de culpa e vergonha. Na maioria das vezes eu queria apenas ter o prazer de ficar em silêncio, imóvel, sozinha, mas me sentia na obrigação de deixar bem claro que não estava metendo um secador de cabelos no ânus ou qualquer outra coisa sexualmente bizarra. Quando minha mãe me pegava entregue ao incomensurável deleite de ficar com a cabeça enfiada no travesseiro, deliciosamente desistente, ela entrava em parafuso: "Vai, reage, pelo amor de Deus!". Eu não entendia. Eu tinha feito uma prova de física óptica às sete da manhã e estava esgotada. Era só isso. Mas ela começava a chorar: "Eu não trabalho feito doida para chegar em casa e te ver assim jogada, largada". E lá ia eu, exausta, fazer piadas e dancinhas, ser espirituosa. Eu tinha que ser muito divertida e animada e bem-disposta para não ofender a minha família. Lembro de aos sete anos planejar com profundo entusiasmo o meu futuro: um dia eu vou ficar triste! Além da dificuldade ao imaginar meus prováveis impulsos sexuais, minha mãe também sempre teve medo de que eu fosse uma suicida potencial e por essa razão nem a porta do banheiro eu jamais pude trancar antes dos vinte e cinco anos (idade em que finalmente saí de casa).

Nunca vou esquecer quando fiquei mais de uma hora no banho, obcecada pelas imensas bolas de sabão que eu conseguia fazer com o novo xampu que havia ganhado, e minha mãe entrou bem séria no banheiro e disse que já estava bom de fazer o que ela sabia muito bem que eu estava fazendo. E eu respondi "bolinhas de sabão" e ela riu e falou "ah, então agora mudou de nome!". Eu tinha uns onze anos.

A primeira noite morando sozinha eu dormi por dezesseis horas. Eu finalmente podia dormir. Nunca entendi por que minha mãe ficava tão aflita com meu sono. Ela fazia barulho perto da porta do quarto pra me acordar. Derrubava coisas, cantarolava, bufava de raiva. Já cheguei a pensar que era inveja, porque depois de certa idade, e hoje começo a entender, perdemos a capacidade de dormir tão bem quanto os adolescentes. Já cheguei a pensar que ela fazia isso por medo de eu estar morta. Entendo agora por que todo dia eu olho a minha calcinha sem sangue e penso "ufa, não perdi!".

Minha mãe não me deixava dormir. Eu levantava pra fazer xixi às dez da manhã do sábado, ela já acordada "pensando na vida desde as seis *della mattina*", e eu comunicava que estava voltando para o quarto, para dar mais uma meia horinha na cama. Ela ia atrás de mim, aquela voz incomodada, dizendo que isso de poder dormir é realmente uma bênção. Isso de não ter que se preocupar com nada, ah, isso sim é viver.

Uma vez eu voltei tarde de uma festa e fui direto para a cama. De roupa, sapato e maquiagem. Acho que só colei o chiclete na parede e capotei. Ela me acordou berrando do seu quarto "você dorme muito fácil, filha da puta! Eu não dormi te esperando e agora não vou mais dormir de ódio!".

Enfim, a primeira noite longe dela, eu dormi por dezesseis horas. Ela começou a ligar pras minhas amigas, preocupadíssima. Meu celular estava desligado havia muitas horas. Era quase meio-dia e nenhuma notícia minha desde as seis da tarde do dia anterior. Ela já tinha ligado na portaria e o porteiro não tinha me visto nem sair nem voltar (pois eu, de fato, não tinha nem saído nem voltado).

Acordei já toda psiquicamente cagada com ela esmurrando a porta da minha casa nova. Minha mãe não me deixa dormir.

No dia da mudança ela encontrou minha sandalinha de quando eu era bebê. Ela chorou e eu achei aquela cena tão triste, nossa. Olhei para ela e vi minha mãe como na foto em preto e branco da sala, gritantemente magrela aos cinco anos de idade. Banguela. Pobrinha. Carente. Sorrindo. Minha mãe com cinco anos. E fui invadida por chicotadas de amor que iam do céu da minha boca até meu calcanhar. Deixar minha mãe sozinha em casa foi o dia mais difícil da minha vida.

7.

Eu tinha uns doze anos quando minha mãe me acordou com um murro no interruptor de luz, não falou nada e apenas sinalizou com a mão coçando o peito (pra cima e pra baixo) que não se sentia bem. Era coração? Vômito? Um osso de galinha entalado?

Dei um pulo da cama e fui atrás dela. Insistia pra que ela dissesse algo, me explicasse, mas ela apenas voltou para a cama e estendeu as pernas a noventa graus, encostadas na parede.

Com a língua mole de quem estava prestes a desmaiar ou imitar um Cazuza muito bêbado, ela me pediu sal e água. Corri para a cozinha e, no caminho, passei muito mal e senti que ia morrer.

Então voltei pro meu quarto e resolvi me deitar igualzinha à minha mãe. Com as pernas a noventa graus, encostadas na parede.

Vendo que a água e o sal não chegavam, ela levantou e foi até meu quarto. E me perguntou o que estava acontecendo e eu, com a voz trêmula e falha, roçando meu peito com as pontas dos dedos, lhe pedi que me trouxesse sal e água.

    Ela então sentou no chão e começou a ter o maior ataque de riso de todos os tempos. Ao escutar sua risada debochada, comecei a melhorar. Ela já estava bem. Rimos uma meia hora de quase perder o fôlego e então dormimos juntas até as dez da manhã.

8.

Karine, senha 34 preferencial, hepatite B, toxoplasmose, HIV, rubéola e sífilis.

Prefiro pegar o resultado pela internet.

Quando eu tinha uns nove anos, minha mãe me contou que estava namorando. Eu já sabia, porque um dia a peguei dançando muito enquanto secava os cabelos. Eu era bem nova, mas já sabia que só uma pessoa muito apaixonada fazia essas coisas.

Eu chamava meu avô o tempo todo pra dizer que eu tinha uma bola parada na garganta e que não sabia se tinha que forçar pra engolir ou forçar pra vomitar. Eu tinha visto "o homem de duas cabeças" no Silvio Santos e achava que estava nascendo uma pequena cabeça na minha goela. A Tia do Gás contava sempre de um cisto no ovário dela que, quando retirado, tinha dentes e cabelos. Eu tinha medo de a bola na minha garganta ter dentes e cabelos. Me levaram no pediatra e ele explicou que ou eu precisava de um psiquiatra ou estava sentindo as minhas amígdalas um pouco inchadas, talvez por conta de alguma dor de garganta recente.

Resolvida a garganta, comecei a sentir como se alguém muito pesado estivesse sentado no meu peito. Eu tentava respirar e o ar entrava todo picotado, todo errado. Perguntei para minha mãe se ela me amava mais do que amava o namorado e ela respondeu que amava diferente e que ela podia amar muitas coisas e não só a mim. Perguntei se ela transava com ele ou se pretendia um dia transar com ele e ela disse que não. Claro que não! Eu saí correndo e beijei o lugar em que minha mãe sentava em nosso sofá.

No dia em que eu ia conhecer seu namorado, fiz questão de pintar as unhas de vermelho. O namorado perguntou se uma janela tinha caído nas minhas unhas e, por isso, elas estavam machucadas. Na vez seguinte em que ele foi em casa, coloquei um vestido branco e enfiei a calcinha até ela virar um fio dental. Minha mãe disse que não era legal fazer isso e eu respondi "tá na moda". Na terceira vez que vi o namorado dela, percebi que ele ficava dedilhando os ombros da minha mãe, fazendo uns carinhos, e aquilo me pareceu muito adulto e possível para eles e correto para eles e resolvi esquecer e deixar minha mãe pra lá.

9.

Sim, o exame de sangue disse que é menina. Meu filho é menina. O feto, o bebê, o negócio, o embrião.

Não é dele que estou falando quando falo que não aguento mais, é do enjoo. Não é dele que estou falando quando digo que é horrível, é da gravidez. Estou assustada demais com a iminência da bexiga e do estômago esmagados. Como é que um ser humano vai caber dentro de mim, Beth? Vai ver por isso não paro de sonhar com meu minúsculo apartamento na rua Cajaíba. Lá cabia tudo. Já te falei dele? Tinha uns trinta metros quadrados. Eu tinha vinte e cinco anos. Me toquei que com o meu salário de três mil e quatrocentos reais eu conseguiria morar sozinha, bancar tudo que eu precisava, comer uma quantidade indecente de pão com requeijão sem ganhar peso e ainda ter um personal de musculação. Eu me achava muito rica, muito livre, muito sexualizada, muito com tudo pela frente.

Não lembro de ter sido tão feliz como no apartamento da Cajaíba. Eu estava péssima, tinha levado um pé na bunda de um namorado que havia se transformado na minha maior obsessão (acho que até hoje, dez anos depois, nunca mais gostei tanto de alguém), mas estava ridiculamente bonita naquele ano. Até esse cara que tinha recém me largado não podia me ver na rua que ficava doido.

    Eu malhava com a raiva necessária para de fato parecer malhada. Nunca mais ficaria tão malhada como estava naquele ano. Jamais ficaria sequer mais ou menos malhada ou ligeiramente malhada. Odeio malhar e acho gente malhada burra. Eu dava em cima de todo mundo e não passava uma semana sem um novo e tórrido qualquer coisa. Eu comia gente como se fosse o sal no fundo do saco de salgadinho. Tinha uma pizzaria em frente ao prédio que minhas amigas apelidaram de abatedouro. Eu levava os caras lá pra comer pizza de metro. E depois comia eles no meu apê pequeno.

    Nenhum deles ficou comigo mais do que três ou quatro meses. Todo relacionamento acabava como se não tivesse sido nada e isso ia me deixando cada vez mais triste e deprimida e infeliz e maluca e complexada e totalmente pronta para a próxima e viciada num ciclo de profundo "desamor-amor intenso/ você é tudo na minha vida/ mais um que não era nada de mais". Ainda assim, agora, olhando para aqueles anos, eu era insuportavelmente feliz. Tenho saudade dos ossos pontudos da minha bacia. Tenho saudade de quando aquele ator tão famoso e gato e politizado disse que meus seios, "de tão bonitos", eram "internacionais". Ele gritou tanto quando transamos que achei que passariam a pedir autógrafo para mim e não pra ele. Hoje em dia não transo desde o dia que engravidei e descobri que virei a tia cornuda. Eu sempre fui a vaquinha que dava em cima dos caras casados. Agora eu sou o outro lado da história. Dei tanto em cima de homem casado que nem senti raiva da coitada que deu em cima do meu marido.

Senti pena dela, dele, de mim. É a pena que me mata. A compaixão me emociona em um ponto tão delicado e fraco que eu não a suporto. Tenho saudade de um vestido PP de flores vermelhas que era tão PP mas tão PP que meu pai brincava que para eu entrar nele alguém precisava ficar segurando no térreo e eu pulava do sexto andar. Onde foram parar, por Deus, aquela cintura, aquela carne mais dura, os braços que agora dançam como um boneco de posto de gasolina adulterada? Tenho tanto medo de parecer psicologicamente meus parentes do Belenzinho, mas fisicamente já começo a ficar igual. Estou arredondada, não sei explicar. Sinto que acabei de fazer uma polenta e estou esperando esfriar. Me olho no espelho e penso "olha lá a mamucha, olha lá a matronona". Ninguém me olha ou eu não consigo suportar que olhem, não sei explicar.

Dos mais de cinquenta caras com quem transei na vida, acho que pelo menos metade foi naqueles dois anos no apartamento da Cajaíba. Eu vivia chorando e fazendo terapia e reclamando e puta da vida e não estava bem. Tinha medo até de me matar. Mas olhando agora, eu estava ótima e tenho tanta saudade.

10.

"É uma menina, mãe." E ela respondeu na lata, sem pensar, apenas esta frase: "Você nunca mais vai ficar sozinha". Minha mãe acha que mulher que tem filha mulher nunca mais se sente só. Fiquei aliviada e horrorizada. E depois só horrorizada.

Como alguém vai escrever um roteiro premiado de cinema se não ficar sozinha? Como alguém vai deitar no chão do banheiro com as pernas apoiadas na borda da banheira até passar a angústia se não ficar sozinha? Tive que sair do Belenzinho, tive que me distanciar das minhas tias e da minha mãe. Tive que comer pastel de feira apesar de o meu avô dizer que eu morreria. Tive que dormir em Pinheiros e no Sumarezinho e até no Itaim mesmo achando que era demais pra mim acordar em outro país. Para não enlouquecer com o monitoramento persecutório e doentio da minha família, tive que romper até com a parcela saudável da segurança, porque é claro que existia amor. Era isso ou eu passaria a vida naquele portão contando vira-latas magrelos sem dono. Somando senhoras mancas arredondadas e envelhecidas antes dos cinquenta anos. Cumprimentando famílias unidas pelo não pertencimento a tudo o que me interessa. Casas sem livros, sem filmes.

A primeira vez que me senti muito sozinha foi no jardim 2, quando minha mãe decidiu que a merenda servida na escola era suja e me fez levar meu próprio lanchinho. A diretora da escola disse que as outras crianças não poderiam me ver comendo um lanche diferente e eu passei o recreio sozinha, meia hora antes de todo mundo. Das salas, com portas entreabertas, eu via várias crianças, de quatro, cinco, seis anos, me olhando curiosas, algumas me apontavam e riam. Engraçado pensar o quanto isso era assustador na época. Depois desse dia eu comecei a ter um sonho recorrente e tão terrível quanto excitante. Eu tinha que fazer exame de urina, mas as crianças e os professores da escola passavam tanto desinfetante na minha vagina que era impossível urinar sem sentir arder então eu me segurava e quanto mais eu me segurava mais juntavam crianças e professores apostando se eu conseguiria ou não fazer um xixi bem limpo. Segurar o xixi me deixava bastante excitada.

A primeira vez que eu de fato me senti muito sozinha foi quando minha mãe me "mandou chorar". Ela disse "olha, eu te levo pra praia todas as férias, mas esse ano não tem dinheiro, peça pro seu pai, e CHORE porque é preciso chorar para tirar alguma coisa daquele filho da puta". No dia seguinte fomos andar de bicicleta, eu e meu pai, e eu não estava triste nem a fim de entrar nesse assunto. Nem queria tanto assim ir para a praia. Meu pai sempre me encurralou pra saber se minha mãe, "aquela que quando você for adulta vai ver com outros olhos e entender por que não conseguiu ficar casada", estava namorando. E ela sempre me perturbou para saber se meu pai, "aquele que destruiu a minha vida sendo um machista, ignorante, limitado", tinha dito algo a respeito de pagar alguma coisa que ele deveria ter pagado. Eles se mandavam recadinhos por meu intermédio. E não poupavam xingamentos me usando como página em branco pra todo aquele rancor precisando ser documentado. Onde estava a psicanálise na década de 80, na zona leste de São Paulo? Hoje em dia a criança solta uma pequena bolha de leite um pouco menos redonda e os pais ligam para o psicanalista winnicottiano homeopático com pós em Lacan especializado em crianças com o distúrbio em soltar pequenas bolhas de leite não muito arredondadas. Eu chegava a emagrecer três quilos em uma semana e ficava inteira manchada de bolotas vermelhas e meus pais não entendiam a palavra "psicológico" e lá ia eu tomar Benflogin, o remédio que me deixava muito drogada vendo riscos neon saindo dos meus dedos. Minha geração é sobrevivente dos anos 80.

Mas a obrigação de chorar para garantir férias na praia me deu uma solidão danada. Não a parte de atuar em si, mas a parte que meu pai falou "que choro falso é esse? Sua mãe te mandou chorar?". Naquele minuto eu não tinha ninguém no mundo.

Nada é mais solitário do que a foto da minha mãe na piscina de um hotel em Natal, no Rio Grande do Norte. Eu estava em Secretário, no interior do Rio de Janeiro, com um namorado que nem valia grandes coisas. Mas eu tinha mais de vinte anos, gostava dele, e obviamente preferi passar o feriado com ele. Minha mãe fez o mais triste e solitário álbum de fotos que alguém já fez. Ela desacompanhada no café da manhã com variedade de pães e frutas. Ela absolutamente sozinha (de calça comprida) fazendo pose com a praia ao fundo e a piscina à frente. Ela invariavelmente abandonada e de costas, vendo o mar, com a perna direita apoiada no murinho.

Ela tendo que pedir pra mocinha da limpeza, ou para o garçom com menos cara de ocupado: "Tira uma foto?". Ela pensando o tempo todo "se minha filha estivesse aqui, ela deveria estar, o certo era ela estar aqui, o que eu fiz de errado pra essa menina não estar aqui?".

11.

Karine. Plano Saúde Nacional Plus. Vinte semanas e meia.

A única viagem internacional que eu fiz com a minha mãe foi para Buenos Aires. Ficamos num hotel próximo à Calle Florida e por dois dias consecutivos ela me fez entrar em cada uma daquelas lojinhas horríveis e baratas para escolher presentes para os motoristas e as faxineiras e as mocinhas do café da firma onde ela trabalhava.

Pense que eram apenas quatro dias de viagem (e o passeio era meu presente de aniversário) e ela insistiu em ocupar mais da metade deles entrando em lojas que lembravam o pior da 25 de Março. Não fazia sentido e era desesperador e brigamos incansavelmente por esse motivo. Fiquei tão irritada por minha mãe não ser uma pessoa culta e refinada e a fim de conhecer livrarias e museus e provar carnes e vinhos que cometi bestialidades. Acho que um dia falei para ela que o seu cuspe, quando ela escovava os dentes, era mais grosso que o meu.

Minha mãe me fez tirar umas trinta fotos dela em frente à Casa Rosada, pois sabia que era um lugar conhecido. E eu dizendo "anda, mãe, vai, mãe, vamos, mãe, ai, mãe, puta merda, mãe, é cada uma, mãe".

Ao final dos quatro dias em que quebramos o pau ininterruptamente, ela me disse como eu estava bonita e que isso queria dizer amada. "Minha filha, se você sempre viajasse com alguém que te ama como eu te amo, nunca voltaria abatida das viagens."

Todas essas coisas, passados agora quase dez anos da viagem, me fazem ter vontade de ajoelhar no chão e beijar seus pés encaroçados. Por causa da artrite reumatoide seus pés parecem recheados de amendoins. Minha mãe sempre passou mal com amendoins em excesso e sempre os comeu em excesso. Minha mãezinha amada e querida. Quanto tempo ainda temos nesse mundo? Será que tem alguma chance pra nós depois desse mundo?

Quando morei no Rio de Janeiro e não conseguia sair de casa (eu odiava morar no Rio e tive depressão), minha mãe ia me visitar frequentemente. Um dia a gente estava tomando água de coco no calçadão no Posto 9 e ela me falou sobre a sorte que eu tinha. Jovem, emprego bom, bonita, morando sozinha, a vida toda pela frente. "Como eu queria ter vivido essas coisas, tido essas oportunidades." Eu precisava pegar um vestido que eu havia deixado pra arrumar e a loja ficava no terceiro andar de um prédio sem elevador. Minha mãe foi subindo as escadas e quando olhou pra trás me viu sentada no segundo degrau do primeiro andar chorando e sem conseguir respirar. "O que você tem?", ela perguntava. "Eu não sei, eu não sei." Não queria morar longe de você, mãe. Não queria realizar essas coisas todas e a vida toda pela frente era como um trem ao contrário e muito pesado e muito veloz a fim de me destroçar e então meus pedaços sem vida seriam espalhados pelo mundo e eu nunca mais voltaria a ser aquela menina.

Para onde irá o amor eterno e insuportável que eu sinto? Para onde vai o amor quando fujo das suas visitas e críticas e olhares? Mãezinha querida, eu não aguento ficar muito tempo perto de você. Você procurando as feições do meu pai em mim e dizendo que não suporta meu pai. Você me pedindo para endireitar o corpo desleixado, cansado, pouco empinado e voltar na designer de sobrancelha porque a minha é muito clara e sem desenho e eu poderia ser mais bonita se eu de fato quisesse. Você achando minha casa suja e bagunçada. Queria que as suas palavras tivessem a sua estatura pequena. Queria me ater ao rouco quase sumindo da sua voz e parar de ser avassalada por suas palavras. Queria ouvir suas frases ainda menores que a sua capacidade de amar direito. Mas você é meu Empire State particular. Um troço imenso entrando pela porta frágil da minha devoção infantil. Eu estou nua num palco torcendo há trinta e cinco anos para que você ria e aplauda. Para que você jamais se levante e vá embora. Só você. Isso tudo que eu faço é pra você. Ainda que tenha desistido de te chamar e convidar para minhas performances diárias. Cada vez que você balança a cabeça e diz "ainda não, minha filha, ainda é pouco o dinheiro que você ganha, ainda é inferior esse homem que você arrumou, ainda é insuficiente o seu amor por mim ou por esse seu bebê, ainda são ridículos os seus textos e pensamentos, ainda não", eu viro um saco frouxo de pó de ossos e escuto os sons dos meus ossos triturados. Eu sou uma estátua de sal e você, uma mangueira de água fria. Acho que pensei isso para fazer uma metáfora com lágrimas infinitas. Eu uma poça de choro a meus pés. Ops, a seus pés. Se é que existe alguma diferença.

Eu não sei se eu vou conseguir, mãe. Morar esse tempo aqui no Rio tão longe de você. Morar em São Paulo tão longe de você. Ter idades e histórias tão longe de você. Eu não sei se vou conseguir. Eu continuava sentada na escada e tinha decidido esquecer para sempre aquele vestido do terceiro andar e toda a vida que me esperava em outra cidade. Não quero esse vestido, não quero a vida que você não pôde ter. Ela me ergueu com raiva e falou "vai, caralho, se mexe!". E eu me mexi.

12.

Estávamos em Ubatuba, mas agora não vou lembrar o nome da praia. Minha mãe andava até uma ponta e então atravessava para a outra praia. Passava dentro do que, na época, chamei de corredor cortante por causa de conchinhas quebradas e pontudas que tinham formado um tapete de provações. Essa outra praia era mágica porque estava vazia e tinha a água calma e quentinha e as conchinhas eram mais gordinhas e coloridas. O problema era o corredor cortante. Eu estava descalça e meu pé começou a sangrar. Quando algum copo de vidro quebrava em casa minha mãe gritava "não pise aqui" e varria sessenta e sete vezes e continuava dizendo "não pise aqui de jeito nenhum". Então por que ela insistia que eu tinha que andar ali? Doía muito e parecia a coisa mais errada a se fazer. Minha mãe, que alternava entre me tratar como um objeto sagrado e delicadamente impossível e me empurrar de forma agressiva para o mundo como se eu fosse uma seda cara e inútil numa gaveta de meias, resolveu que era hora de eu enfrentar a vida. Minha prima, que só podia ter uma casca muito grossa nos pés ou ser muito dissimulada, saltitava e corria e sambava naquele chão terrível. Ela e minha mãe riam e tomavam distância de mim e riam alto para fazer eco. Minha humilhação fazia eco. Minha mãe e minha prima decidiram fazer uma musiquinha que dizia algo como "Kaká é cagona, Kaká é cagona". Eu pensava que minha mãe, por ser adulta e mãe, estava pronta para pisar naquele chão e atravessar para a praia mágica. Eu pensava que a Tia do Gás, por ser adulta e morar sozinha e cuidar da minha prima naquela viagem como se fosse mãe dela, estava muito pronta também. Eu pensava que minha prima, por ter irmãos e poder viajar sem a mãe e fazer ginástica olímpica e não ter medo de pegar pneumonia na chuva e não ter fobia de vômitos, estava pronta para ter casca grossa ou aguentar a mentira. Mas eu estava numa solidão insuportável ali. Não existe solidão maior do que ser sacaneada pela própria mãe. Eu queria a outra, aquela que era bem mais carinhosa e medrosa quando não tentava provar ser uma mulher descolada para a minha tia. De repente ela tinha virado a mãe daquele meu pesadelo. Eu tinha um pesadelo constante: uma moto aparecia no corredor que ligava meu quarto ao quarto da minha mãe. O motoqueiro queria me levar embora e ele não tinha cabeça, ou melhor: a cabeça dele era um capacete que não saía. Então eu ia até a cozinha pedir socorro. Minha mãe estava fazendo comida. Eu chamava por ela mas tinha algo estranho na maneira como ela cortava os legumes e mexia no cabelo. Era ela mas não era ela. Ela não olhava pra trás. Eu insistia e então ela me olhava com um sorriso macabro e tentava me matar com a faca. Eu arrancava os olhos dela com a unha e jogava no lixo que ficava na área de serviço. E então sentia um medo tão congelante e devastador que acordava e ficava rezando pra nunca mais dormir. Depois, com o tempo, desenvolvi um método para me tirar de sonhos indesejados. Para tanto, antes tive que desenvolver um método para entender que estava em um pesadelo. Eu aperto bem os olhos e penso "vou abrir e estarei na minha cama" e então eu aperto os olhos bem forte e abro e estou na minha cama. Mas voltando à praia e ao corredor cortante, uma hora eu cheguei ao outro lado. A Tia do Gás foi andando comigo, bem devagar, me explicando que era preciso enfrentar os medos etc. Ela parecia a tia mais legal do mundo mas depois fazia piada, "nossa, é muito cagona, muito caipira, aff, quero ver como vai ser quando crescer". E eu ouvia tudo porque acho que falavam para que eu ouvisse mesmo. A praia do outro lado era maravilhosa. Quando cheguei, pelo menos uns vinte minutos depois de todo mundo, minha mãe e minha prima já brincavam no mar e começaram a se divertir ainda mais pra mostrar que se divertiam ainda mais. Eu olhei minha mãe com um certo desprezo. E olhei o mundo com um certo lamento pela primeira vez na vida. Eu queria gritar algo como: "Galera, machucar o pé não é tudo isso que vocês pensam não! Na real, é uma merda! Vocês apenas são muito idiotas e chamam isso de 'viver a vida', mas dormir na rede com os pés numa meia felpuda é que é viver a vida!". Teria sido lindo chegar na praia mágica calçando chinelos e de mãos dadas com minha mãe. Até hoje busco aquela praia. Onde será que era? Minha mãe não se recorda desse dia.

Claro que lembro coisas boas também. Deixa eu ver. Minha classe da faculdade era tão desorganizada e desunida que depois de umas vinte reuniões não chegamos a conclusão nenhuma a respeito da festa de formatura. O que eu considerei maravilhoso porque acho festa de formatura (de casamento, de batizado, de noivado) uma coisa extremamente brega e cara e desnecessária. Tem também o fato de que fiz uma faculdade meio nada de mais, meio fácil de entrar, então dane-se.

Mas no dia da colação de grau me deu uma tristezinha. Nenhum familiar de nenhum aluno estava presente. Não estávamos bem-vestidos. Foi tipo comprar um misto-quente na lanchonete. Um papel borrado na parede informava que, naquela quarta, quatro da tarde, era pra gente buscar um canudo. Quando eu estava lá em cima, vi minha mãe na plateia. Ela estava bem no fundo, em pé, fazendo tchau. Sorrindo como se dissesse "claro que eu vinha". Estava impecavelmente maravilhosa, como sempre. Estava impecavelmente usando lilás, que se tornaria a minha cor preferida da vida. Estava lá e ela sempre esteve lá. Sempre. Pensando bem, agora, minha mãe sempre esteve, entende? Nunca minha mãe deixou de estar. Desculpa mas eu agora preciso falar esse verbo estar, esteve, estava. Me deu algum tilt aqui. Tô meio emocionada. Ela estava com um buquê gigante de flores. Ela era a única mãe ali, mas caso competisse com outras ganharia em beleza e sorriso e amor e presença. Que mãe, meu Deus. Eu não pude me conter e gritei "MÃE!!!". E todo mundo olhou e invejou. Ou eu acho que olhou e invejou. A Soraia, que era minha melhor amiga na época (mas hoje em dia virou o tipo de eleitora do Bolsonaro e não nos falamos há mais de uma década), falou "nossa". Ela só olhou minha mãe e falou "nossa". E eu pude ler: nossa, que linda, nossa, que flores maravilhosas, nossa, que mãe foda você tem, nossa, ela veio.

    Lembro várias coisas sobre a minha avó mas a mais forte e recorrente é uma dancinha que ela fez pra mim numa das muitas vezes que eu, na infância, fiquei sem apetite. Acho que a questão do apetite merece que eu pare um minuto e conte como eram as refeições na minha casa. Ninguém comia na mesa de jantar e tal. A gente fazia um prato e sentava na frente da televisão com uma almofada no colo. Eu comia na minha escrivaninha de fazer lição de casa, também de frente para a televisão. Eles me botavam no meio da sala e prestavam bastante atenção se eu iria comer ou não. A pressão para que eu me alimentasse bastante era tanta que eu vivia tendo uns ataques estranhos que me faziam ficar letárgica, meio jogada pelos cantos e sem nenhuma fome.

    Em uma dessas vezes, minha família já orando pra santa Rita, meus primos brincando que se ventasse eu iria parar no Japão, minha avó vinha trazendo uma pilha de roupas passadas a ferro e decidiu fazer uma dança pra mim. Ela já tinha os seus sessenta e muitos anos e não era uma mulher muito dócil ou carinhosa. Eu fiquei com vergonha, tinha uns sete anos, acho. E olhei bem feio pra ela. Ao mesmo tempo, decorei aquela cena, virou uma espécie de meu *"top five* cenas lindas de amor" a que recorro sempre que necessário.

13.

Karine, senha preferencial 216. Hemograma de novo, urina de novo.

Aquela enfermeira grande, a Beth, por favor.

Tenho uns onze anos e o zelador do prédio liga pra minha mãe para avisar que nosso apartamento está alagado. Estamos na praia há menos de quarenta e oito horas e ela começa a chorar. "O nome disso é inveja." Ela repete essa frase enquanto fazemos as malas, enquanto separamos nossos dois pratos e nossos dois copos da louça do apartamento alugado, enquanto entramos no carro e voltamos pra São Paulo. Eram vinte dias na praia, ficamos apenas um e meio.

No carro, a fita cassete ainda toca "vamos a la playa, ô, ô, ô, ô, oooo". E minha mãe arranca a fita com ódio e atira pela janela.

Minhas tias já estão em casa e levaram cem panos brancos alvejados e enormes. Elas espalharam os panos pela casa inteira (praticamente a casa inteira tem carpete) e começam a pisar nos panos e a sugar a água do carpete e então torcem os panos no tanque e nas privadas e nas pias e voltam e pisam mais um pouco.

Meu pai, a essa altura já separado da minha mãe, chega com um amigo, e uma vizinha traz o zelador, que, por sua vez, vem com o porteiro que acaba de encerrar um turno. Somos mais de dez pessoas pisando em mais de cem panos brancos alvejados e torcendo os panos e pisando novamente. A madrugada começa e eu tenho certeza de que essa será a minha vida pra sempre. Pisar naqueles panos, torcer, pisar naqueles panos.

A alegria das minhas tias, do meu pai, dos vizinhos, em ver nosso carpete encharcado é tão evidente que quase acho aquelas pessoas muito honestas. Alguns dançam com a desculpa de que assim vão sugar mais rapidamente a água. Todos riem porque é sempre melhor fazer piada numa hora dessas.

"Cadê o bronzeado, Carmine?", a Tia Perseguida pergunta pra minha mãe. "Pelo menos essas ondinhas vocês estão pulando", a Tia do Gás comenta. A galera até engasga de rir da nossa cara. "Ah, Carmine, isso acontece, pelo menos não foi nada sério, ninguém se machucou." Vou atrás da minha mãe. Ela ajoelha no chão do banheiro e vomita. Junto com a água azeda saem lágrimas gordas. Ela diz que de tanto pisar nos panos brancos alvejados sua pedra no rim mexeu e ela está passando mal. Mas eu sei que não é isso. "O nome disso é inveja", eu digo. Minha mãe me abraça e pede desculpas (foi a única vez que ela me pediu desculpas na vida). "Eram as suas férias, desculpa." "Como assim?", eu pergunto. "Não vamos mais voltar para a praia?" E ela explica que não, que obviamente vai demorar pra secar sessenta e cinco metros quadrados de carpete inundado.

Por muitos dias recebemos a visita de sei lá quantas pessoas que, em turnos variados, sapateiam (na nossa cara?) nos mais de cem panos brancos alvejados. Minhas tias não saem de lá, tamanha a alegria em "ajudar". Minha mãe vomita todos os dias até que, de repente, um dia pisamos no chão e não chapinhamos. Duas semanas depois minha mãe manda arrancar todo o carpete da casa.

14.

Desculpe, Bethânia, chamar você pra tudo.

Acho Bethânia tão bonito, Beth. Minha mãe diz que o "ine" do meu Karine é francês... ou russo. Não lembro. Mas eu acho que é só do Belenzinho mesmo. Sabia que eu estou adorando ser senha preferencial? Taí uma coisa boa da gravidez. Aos quinze anos eu comecei a ter essa obsessão. Eu teria cartão de crédito, cartão do plano médico, cartão de companhia aérea. Todos preferenciais. Queria tudo que era golden, diamante, infinite.

Gosto de laboratórios. O clima de "vão descobrir por que me sinto assim e então não me sentirei mais assim" é muito parecido com um shopping. No shopping tem sempre a promessa de que ao comprar qualquer coisa você não vai mais se sentir péssima, inútil, inadequada e infeliz. O plano médico da minha empresa não é ruim. Tem todos os melhores hospitais da cidade menos os dois que são os melhores da cidade. Tem todos os melhores laboratórios da cidade menos o melhor laboratório da cidade. Então não basta. Então separo um terço do que ganho, mesmo tendo plano médico, e pago o melhor plano médico que existe. Agora, se eu precisar, vem até helicóptero me buscar. Imagina eu dentro do helicóptero passando muito mal em cima daqueles riquinhos de vinte anos atrás? Cagando e vomitando, lá do céu, em cima da cabeça deles?

Eu sou roteirista de prêmios. Trabalho de casa, para uma produtora de eventos chamada Play Feliz. O nome é uma desgraça, mas eles têm clientes com dinheiro. Prêmio é um mercado que não para nunca. Todo dia alguém faz alguma idiotice pensando em receber prêmios e todo dia alguém, de fato, ganha uma droga de um prêmio. Tem o "Você Faz a Diferença no Setor Têxtil", o "Primeiro Prêmio Alagoano de Blogs", o "Prêmio Nacional de Saúde Bucal". E por aí vai. Eu que escrevo todos esses roteiros e eles começam sempre com "E hoje temos a honra de estar aqui". Só que eu não sinto essa honra porque estou trancada em casa escrevendo esses lixos. Mas um dia estarei lá. Se eu fizer uns cinco roteiros de prêmio por mês, ganho melhor que roteirista de cinema. Digo, desses iniciantes, claro.

Depois que conseguir juntar bastante dinheiro fazendo roteiros de prêmios, vou fazer um roteiro de cinema e aí *eu* é que vou ganhar um prêmio. E aí alguém vai escrever esse texto besta e colocar lá "espaço para a entrega de melhor roteiro original" e o meu nome embaixo. Eu tenho a história pronta na minha cabeça. É a história de uma mulher de uns sessenta e cinco anos bem bonitona, meio tarada, inteligente e bem-sucedida. Ela é casada com um cara de uns quarenta e poucos que é bem gostosão, esportista, gente boa, leve, que ama ela e tal. Mas ela começa a trair o cara com o vizinho que tem uns setenta e três anos e é um velho meio doente, fora de forma, mal-humorado, intelectual. Começa a trair porque esse vizinho dá para ela algo muito importante que ela não tem com o marido bom de cama e safado e carinhoso e divertido. O vizinho conversa com ela sobre a morte. Sobre a pele virando um troço flácido e, ao mesmo tempo, quebradiço, os cabelos virando um troço arrepiado e ralo. Sobre a despedida diária e progressiva da vitalidade. E antes de ter alguém que conversasse com ela sobre isso ela vivia numa euforia juvenil que era pura solidão. Era um cansaço, um desgaste. E ao lado desse vizinho ela pode morrer. Não que ela vá morrer agora ou nos próximos quinze anos. Ela não vai morrer no filme também. Mas pela primeira vez ela assume que está morrendo e que é possível falar sobre isso e até dar boas risadas e depois dormir como uma criança. E ela tem com esse velho feioso bem culto o melhor sexo da vida dela. Um sexo papai-mamãe bem comedido, bem nadinha. Mas é de uma profundidade, entende? Porque eles tocaram em lugares um do outro que não têm a ver com o corpo. E então ela se apaixona pelo vizinho. E geralmente quando a gente se apaixona, a gente fala "ele faz eu me sentir tão viva", mas com esse vizinho ela pode morrer e por isso ela pode sossegar e dormir e envelhecer e deitar no sofá e ler um livro. E ouvir uma música. E ela tem o melhor sexo da vida dela. Já pensou? Vou precisar parar minha vida um ano pra escrever esse filme, tentar vender ele para alguma produtora, então vai ser um ano sem ganhar um centavo. Você acha a ideia boa?

15.

Meu corpo não rejeita a bebê. Fator Rh, seja lá o que isso quer dizer, está ótimo. Morfológico é sempre uma tensão. Não vai dar nada disso, estou mais preocupada é com a minha anemia. Na verdade, estou é mais preocupada com a genética de loucura da minha família.

Ah, você fala isso porque não me conhece direito, não conhece meus pais, meu marido e principalmente minhas tias, irmãs da minha mãe.

A Tia Perseguida já tomou choque na cabeça várias vezes. Recentemente, ficou dez dias trancada em casa bebendo gim com Frontal e comendo Sabuguitos. É tipo um Fandangos mais saudável, sabe? Quase morreu. Quase mesmo. O médico do hospital falou que mais um dia e seria tarde demais.

Ela acha que é vigiada e perseguida o tempo todo. Que o prédio da frente inteiro sabe tudo o que ela faz. Que as pessoas na rua não estão ali por acaso, e sim para que todos os movimentos dela sejam milimetricamente estudados e encaminhados para uma "delegada-geral superior". Eu perguntei uma vez: "Mas por que uma delegada-geral superior quer saber da sua vida?". Ela não podia explicar porque, como em todos os lugares em que ela está há câmeras e gravadores, eu, ao saber da verdade, passaria a ser acossada. Um dia, cansada de ser o centro das atenções de centenas de vizinhos, a Tia Perseguida foi para a varanda, abaixou as calças e mostrou a vagina. Gritou pra quem quisesse ouvir "olha aqui, ó, seus filhos da puta, toma aqui minha boceta, é isso que vocês querem?". Teve que responder por atentado ao pudor, seus gritos chamaram a atenção de algumas crianças que correram pra janela e presenciaram essa senhora se arreganhando. Não é muito doido pensar que a pessoa perseguida mostrou a perseguida? Desculpe, eu faço isso o tempo todo, eu faço piada de coisa que não tem graça.

A outra irmã da minha mãe, a Tia do Gás, se formou em letras na USP e passou a vida conjugando os verbos com o mesmo desdém manco com que se move lentamente pela casa. Foi a única das irmãs a estudar e não fez nada com isso. Fala tudo errado, sem plural, sem vírgula, sem nexo. Acho que ela sempre teve medo de aprender coisas demais e não mais pertencer ao buraco de onde veio.

A minha bisavó tinha um piano preto e lembro sempre dessa minha tia sentada em cima dele, observando a avó querida morta no caixão em frente. Fui lhe dar um beijinho meio forçado e ela disse para eu não me preocupar porque "assim que acabasse aquela chateação ela ia na cozinha se matar". Eu tinha uns doze anos na época e aquela frase me pareceu mais pesada do que eu poderia suportar.

Me deram um joguinho de encaixar "para crianças até cinco anos" e eu fiquei lá enfiando quadrados em buracos com o coração a mil, pensando que aquela doida ia se cortar inteira na cozinha e ninguém estava fazendo nada pra evitar. De repente ela começou a gritar "eu já liguei o gás!". Confesso que na hora me deu um certo alívio, pelo menos ela não faria nenhuma sujeira. Minha mãe disse que era mentira, que minha tia estava brincando. Meu pai depois de dez anos me contou que ela já estava com a cabeça dentro do forno quando tiraram ela dali. Minha avó estapeou a cara dela e falou: "Para com isso, porra!". E ela parou e foi ver televisão.

A Tia do Gás tinha um namorado fantasma que a gente chamava de "O Marinheiro". Ela conheceu o cara no Carnaval e passou quarenta anos dizendo que ainda não tinha casado porque estava esperando o navio dele voltar. Ela mesma ria porque sabia que a roupa era só uma fantasia de marinheiro. De repente, ficava muito séria porque percebia que acreditava.

16.

Eu sei, Beth, não vai doer nada. Hoje eu prefiro o braço esquerdo, por favor.

Pediram pra repetir o exame de anemia. A hemoglobina está muito baixa, talvez eu tenha que tomar umas injeções de ferro.

Quando eu tinha uns dez anos e fui subir as escadas de um hotel na praia, a minha mãe gritou lá de baixo "cuidado, você vai se estabacar". Eu não ia cair, mas senti uma vontade tremenda de obedecer e despenquei lá de cima. Me lancei escada abaixo apenas para obedecer minha mãe.

Quando eu tinha cinco anos e meus pais estavam havia pelo menos uns três negociando entre o divórcio ou continuar se odiando intensamente, a minha casa tinha apenas um ovo na geladeira. Era uma geladeira enorme, consumindo energia, fazendo um barulho ininterrupto e azucrinante, com apenas um ovo dentro dela. Um dia eu abri a porta e vi aquele único ovo. Acho que estava podre até. Eu não me recordava disso até que engravidei e minha mãe começou a aparecer na minha casa sem avisar e me criticar o tempo todo. Ela balança a cabeça me desaprovando "hmmm, berço sem mosquiteiro não presta"; "aiiii, roupinha que não é cem por cento algodão pima, que erro fatal"; "uiuiui, mamadeira de plástico, se esquentar solta veneno mortífero".

Daí essa frase jorrou da minha garganta e falei: "Um ovo, mãe". Lembra? Você não foi perfeita. A gente almoçava e jantava todo dia na minha avó porque lá em casa tinha apenas um ovo podre na geladeira. "Ah mas eu estava cansada eu estava infeliz eu estava ficando louca", ela disse. Pois é. Às vezes, também me sinto assim. Depois passa. É assim que é. Por favor, entenda que é assim que é pra que eu possa entender também.

17.

Vim pegar o resultado do exame de estreptococo grupo B. Sim, fiz por secreção vaginal. Minha senha é 19 preferencial.

Minha mãe foi ótima. A gente ria de passar mal quando eu era criança. Ela era alucinada por uma loja de lingerie perto de casa e lá tinha o vendedor Renô e eu achava ele tremendamente sexy. Ele era muito nervoso e muito fumante. Uma hora ele morreu, mas, antes disso, todo sábado a gente ia lá e eu achava divertidíssimo. Era tanta calcinha e tanto sutiã e no meio deles a minha mãe compulsiva por compras e o Renô rouco imerso em uma névoa de fumaça. Acho que eu ficava excitada.

Eu tinha uma coisa estranha de madrugada e minha mãe me ensinava a respirar até parar de tremer. Ela falava "isso não é nada, eu também tinha isso quando era criança". E pronto, eu ficava boa. Se ela tinha a mesma coisa estranha na madrugada e tinha conseguido chegar até aqui e ser a mulher que cuidava de mim, estava tudo bem.

Na pré-adolescência eu gostava de um garoto chamado

Serginho e sempre que eu começava a falar dele, e do quanto ele não gostava de mim e eu sofria, a minha mãe imitava com a boca o som de um violino triste e aquilo me dava uma felicidade imensa. A gente ria porque era como se ela dissesse "lá vem drama". Eu não tinha o Serginho, mas tinha a minha mãe, e por isso eu tinha tudo.

Ela me ensinou a ganhar dinheiro. Hoje em dia parece proibido ensinar isso aos filhos. Meu marido teve uma mãe que ensinou ele a ser ininterruptamente celebrado mesmo quando estivesse apenas dormindo bêbado em uma rede. A minha mãe me ensinou que se eu ganhasse cinquenta mil reais por mês era pra continuar puta da vida achando pouco e com medo de as contas não fecharem. Eu nunca conquistei de verdade a minha mãe. Ela nunca me achou realmente bonita ou realmente inteligente. Ela só tem muito medo de eu ficar doente e a isso chamamos amor. Eu não sei mais o que eu poderia ser para conquistar a minha mãe. Mas se eu fico doente, ela me ama na hora.

Hoje é aniversário da minha mãe. O apelido dela, por ser muito baixinha, uma versão "míni", sempre foi Carmine. Ninguém jamais chamou minha mãe de Carmem, ela nasceu e, até a data de hoje, em que faz sessenta e cinco anos, é conhecida apenas como Carmine. Em seu primeiro emprego, que foi numa loja de sapatos, seu chefe não entendeu direito o apelido e achou que ela chamava Karine. Ela nunca corrigiu. Seu chefe representava um tipo de gente que minha mãe adoraria ter sido: livre, poderoso, irônico, fumante, desinibido, meio sexual demais. Homem. Acho que minha mãe, mesmo sendo a pessoa mais feminina que eu já conheci, sempre quis era ser homem. Ele, o tal chefe, chegava e "todo mundo ficava quieto, com medo, era muito respeitado, aquele merda". Minha mãe sempre falava assim desse chefe e sempre falou assim de todos os chefes que vieram depois desse. Ela sempre disse também que todos eles eram "veados enrustidos". Ela sempre invejou os homens. O amor que recebiam de seus pais, colegas de trabalho, professores, funcionários, amantes. A vida que eles podiam ter. E, por isso, sempre xingou todos de veados enrustidos.

Minha mãe conta que é meio surda de um dos ouvidos porque apanhou do pai quando voltou meia hora depois do combinado "fedendo a bebida e cigarro". Ela não tinha botado na boca sequer uma gotinha de álcool naquele dia nem fumado nadinha. Tinha dezessete anos. Os outros, sobretudo homens, que puderam fumar e beber, tinham apenas emprestado seu cheiro a ela. E ela apanhou pela diversão alheia.

Quando eu nasci, minha mãe me deu seu nome de mentira. O nome errado dela. Ela trabalhou nessa loja de sapatos por muito tempo e foi lá que conheceu meu pai. Meu pai viu ela ajoelhada calçando os pés de uma velha e se apaixonou. Meu pai, quando estava carinhoso, chamava minha mãe de Kaká. Meus pais me chamaram a vida inteira de Kaká.

18.

Ecocardiograma fetal. Senha 67 preferencial.

Desde que a bebê começou a mexer, quero que ela mexa o tempo todo. Dez minutos de calmaria e eu começo a cutucar a barriga, procurando algum sinal de que ela segue viva. Há meses que olho o papel higiênico sujo de xixi temendo ver sangue. Planejo pra onde vou e pra quem vou ligar e quão nervosa vou ficar quando, numa madrugada aparentemente normal, der tudo errado. Acordei meu marido outro dia, desesperada, achando que era algo grave, mas era a primeira pinçada da dor na lombar. Depois desse dia, a dor virou tão rotineira quanto andar feito uma pata gorda.

Eu vi duas mães morrerem quando era pequena. Quer dizer, vi algumas, inclusive a mãe do meu pai, mas não era a mesma coisa. Quando você é criança e a sua amiga é criança e a mãe dela morre, isso sim significa uma mãe morrer. A mãe de uma criança morrer é a morte de uma mãe em pleno estado de mãe. E uma mãe em toda a sua plenitude morrer é uma dor sentida, de alguma forma, por todos os filhos e todas as mães do mundo.

A mãe da Carola e a mãe da Denise foram as mortas que eu jamais esqueci. A mãe da Carola estava careca, a voz por um fio, olhava para a filha com um carinho de despedida, parecia uma mulher sábia, experiente e ao mesmo tempo uma pessoa muito arrasada, sem idade, sem nome e sem casa.

Aquilo me dilacerava por dentro. Eu pensava no cabelo enorme e volumoso da minha mãe, em seu corpo cheio de vida e bronzeado, e nela fazendo pose no mar para depois mandar a foto numa cartinha para o namorado. Rezava todas as noites para que minha mãe durasse para sempre como naquele verão. Queria ir pra casa ficar sentada imóvel observando ela ininterruptamente. Queria morar para sempre na minha mãe viva. A mãe da Carola, muito rouca e fraca, levava lanchinhos pra ela no quarto. A Carola maltratava a mãe, mandava ela sair do quarto, era estúpida. A Carola odiava a morte da mãe e, naquele período, a mãe já parecia mais com a morte da mãe do que com a mãe. Depois a Carola usou a orfandade pra ficar amiga das pessoas "bonitas" da escola. Ela era bochechuda e tinha as pernas muito grossas. Não era uma garotinha muito "padrão escolar lindinha". Mas foi aceita no grupo das pessoas bonitas depois que a mãe morreu. Aquilo me irritava e irritava muita gente.

Fui ao velório e fui ao enterro da mãe dela. Não entendi por que fui, mas as pessoas da minha classe foram e então eu fui. A irmã da Carola desmaiou no cemitério. As outras amigas da Carola tiveram crises histéricas e deram muito mais trabalho do que a Carola (e até mesmo mais do que a irmã da Carola que desmaiou). Eu só pensava como era querer vomitar de noite e a mãe ter morrido. Não se confia um vômito ao pai esquisitão ou à irmã que havia desmaiado quando a Carola mais precisou. Vomitar sozinha era a coisa mais assustadora e solitária e terrível do mundo. Uma criança vomitar sozinha era a imagem suprema da solidão humana. O descontrole, o avesso, a coisa toda pra fora, uma criança sem bordas. Pensava isso obsessivamente: e se a Carola quiser vomitar essa madrugada, depois de todo esse nervoso, toda essa emoção, como faz pra vomitar sem chamar a mãe? Pensei isso sem parar enquanto enterravam a mãe de uma criança. E pensei isso sem parar no dia seguinte e no dia seguinte e por mais de trinta anos. Até que engravidei e passei a vomitar como se fosse apenas o contrário de beber água. Era simples e era rápido e não precisava da minha mãe. Eu que era a mãe agora.

A mãe da Denise eu conheci rapidamente e logo depois ela morreu. Era uma mulher extremamente corcunda e cheia de pintas pretas nos lábios. Eu ainda não era muito amiga da Denise, mas logo depois que ela perdeu a mãe eu fiquei obcecada pela vida dela. Como uma garota da minha idade sobreviveria sem mãe? Me parecia a rotina de uma heroína. Ela escovava os dentes e não tinha mãe. Ia pra escola e não tinha mãe. Dormia e não tinha mãe. Denise tinha as pernas cheias de feridas. Ela raspava os pelos com gilete e, acho que por ser alérgica, ficava cheia de bolinhas que ela coçava até sair sangue. Denise tinha seios enormes que a deixavam corcunda e então eu lembrava de perguntar mais uma vez como a mãe dela tinha morrido e mais uma vez ela explicava para logo eu esquecer. Ela me dizia coisas incríveis como "tenho medo de fazer análise porque o Cazuza fala naquela música algo como 'pra nunca mais saber quem eu sou'" e "pelo menos ouvindo música eu nunca me decepciono". Eu pensava "nossa, as crianças sem mãe são muito mais geniais". No fundo, acredito que eu achava o máximo não ter mãe.

19.

Daí você, esse ser humano pós-individualismo, essa mulher pré-outra, esse sujeito enlevado pela divindade (no instante exato em que é também soterrado pela constatação banal da continuidade), você, com todos os seus pedaços boiando num mar de hormônios loucos, senta na frente de um médico que te olha com aquela cara de "sei, você e a torcida do Flamengo".

Mas doutor, é um enjoo que não passa. E ele sorri e responde: "Normal". Eu, que era superativa, só durmo. "Normal." Eu, que tinha tantas certezas, só choro. "Normal." Eu, que dizia tanto "eu, que", agora coabito meu corpo com uma vida desconhecida que me empurra os órgãos e me rouba o ferro. "Normal."

O problema é a expressão de enfado dos obstetras. É a transparência com a qual nos demonstram tamanha preguiça em ver o mesmo filme de novo e de novo e de novo. "Ah, mais uma grávida estressada." Não tem como ornar o nosso cérebro fritando com eles bocejando. "Ah, mais uma mulher surtada."

Eles já viram 7675 ultrassons. Já fizeram 6476 partos. Já responderam "normal" pra 9598 mulheres. E eu com isso? Tá achando tedioso ser obstetra, vira bibliotecário, porra.

20.

"Nunca dê o cu, minha filha. Homem tem nojo de mulher que faz isso." Foi com essa frase que minha mãe falou comigo sobre sexo assim que entrei na adolescência. Eu ainda era virgem. "Eles gostam de mulher fresca. E mulher fresca nunca vai transar desse jeito, entende?"

Quando comecei a namorar pra valer, digo, a transar mesmo, eu só podia sair com o consorte da vez se antes ele apresentasse para a minha mãe um exame negativado de HIV. Quer dizer, eu primeiro via o resultado e tinha que inventar desculpas esfarrapadas para levar comigo o papel que me daria o aval para copular. Um deles chegou a me perguntar se eu colaria na agenda, ao lado do papel da bala que ele tinha me dado.

Sem saber que HPV seria mais comum do que rinite, quando um dia meu exame acusou pequenas feridinhas no colo do útero, minha mãe logo quis saber se eu tinha feito sexo anal. Porque na cabeça dela tudo de mais errado e sujo e gerador de doença do mundo era o ânus. Eu não tinha feito sexo anal.

E ela então me perguntou: "Mas deixou dar uma brincadinha por lá, não deixou?". Que tipo de conversa era aquela? Que filha de uns dezenove anos fala a seguinte frase para a mãe "sim, mãe, eu deixei que brincassem com o meu cu". Fosse lá o que isso quisesse dizer. Convencida de que eu não havia sido sodomizada, minha mãe voltou suas investigações para o pênis do meu namorado da época. Ou bem ele praticava o coito anal com outra mulher, ou bem ele era uma bicha enrustida que dava o cu ou comia o cu de alguém. Ela jamais fez essa pergunta diretamente a ele, pois quando chegava muito próximo da fronteira entre ser doida e completamente maluca, ela sabiamente dava um passinho para trás.

Só que minha mãe era ótima em me deixar obcecada por seus pensamentos até que eu começasse a acreditar que era a minha cabeça imaginando aquele monte de histórias com bundas sujas que causavam desgraças mundo afora. Foi assim que, enquanto eu e meu namorado assistíamos a um *Globo Repórter* sobre a química do amor na casa dele, eu comecei a acarinhar seu ânus por cima da calça. Ele não entendeu nada e, me olhando feio, tirou minha mão dali. Eu voltei a mexer, a "brincar por ali", como diria a minha mãe, e ele desligou a TV, me olhou um tanto irritado e falou "se quiser, fazemos isso com você". E então eu abri minha boca e a seguinte afirmação saiu dela: "Ou bem você dá o cu, ou bem você come o cu de alguém". Ele terminou comigo naquela noite.

Voltei pra casa arrasada e tentei explicar para minha mãe o absurdo que ela havia me levado a cometer. Mas nem deu tempo. Comecei a frase com "ele terminou comigo" e ela logo emendou: "Claro, tá comendo o cu de alguém, você não quis dar o cu, que bom, minha filha, deixa ele ficar lá comendo o cu de alguém, que sejam felizes".

Uns dez anos depois, quando eu já tinha quase trinta anos

e não morava mais com a minha mãe havia um tempo, ela me ligou preocupadíssima porque tinha sonhado com uma mancha de sangue na cama do meu atual namorado e ela queria entender o que significava aquilo. Fiquei muda. Seria minha mãe uma espécie de Mãe Dináh?

Na semana anterior, quando ajudava meu namorado a trocar os lençóis, vi uma mancha de sangue velho no colchão e ele, porque me viu encarando o círculo marrom um tanto enojada, me explicou que certa noite sua ex-mulher havia menstruado e não estava usando absorvente. Ele me perguntou se aquilo me incomodava e eu respirei fundo e disse "não, tudo bem, acontece". A cama já havia sido dela, agora quem usava era eu. Tudo bem. Fim da história.

Mas daí, uma semana depois disso, minha mãe sonha com a mancha de sangue na cama do meu namorado. Diz que acordou se sentindo mal, achando que aquilo era um mau presságio. E ela queria saber que mancha era aquela. Eu respondi que não tinha como eu saber, afinal o sangue pertencia ao sonho dela e não à realidade. Ela riu e falou "não, minha filha, mãe não se engana". Eu não sabia se pedia a ela seis números para jogar na Mega-Sena ou se lhe mandava à merda.

Lembrei então que naquela ocasião ela me aconselhara a ter "cuidado com a Renatinha, ela se aproximou de você por interesse, logo mais vai começar a te pedir ajuda com o currículo". Ela me disse isso três dias depois de a Renatinha me mandar um e-mail pedindo ajuda profissional e anexando o currículo. Lembrei que, um pouco antes dessa história da Renatinha, minha mãe havia me enviado uma receita de arroz de forno, justo no dia seguinte a um e-mail que mandei para uma amiga chefe de cozinha pedindo dica de algo muito fácil e rápido pra cozinhar quando eu chegasse cansada do trabalho.

Corri para meu e-mail e busquei "mancha de sangue".

Sim, lá estava a mensagem! Eu tinha mandado um e-mail para a minha analista falando da mancha de sangue no colchão e comentando como eu estava mais madura. Como eu tinha melhorado dos meus ciúmes incontroláveis. Como eu estava, inclusive, curada da minha germofobia e mania de limpeza. Agora eu dormia várias vezes por semana em cima da menstruação seca da ex-mulher do meu amor e não estava querendo morrer. Sim, eu era um caso de superação.

Fui à casa da minha mãe, sentei bem séria na frente dela. Tinha na ponta da língua todo um discurso pronto sobre como ela era invasiva. Sobre como tinha sido terrível durante a minha adolescência inteira quando lia meus diários. E como era insuportável eu ter quase trinta anos e ela ter descoberto a senha do meu e-mail. Antes que eu começasse a falar, ela apenas me encarou daquele jeito que fazia a minha espinha congelar e falou: "Minha filha, mancha de sangue na cama, ou bem ele está se injetando droga ou bem anda comendo o cu de alguém, ou então é veado e dá o cu".

21.

Talvez o fato de eu estar gerando uma menina tenha me contaminado de delicadezas.

Almocei ontem com um amigo e, ao se despedir, ele me abraçou e lançou: "A maternidade te deixou mais feminina". Segundo ele, não falar em dinheiro, em pênis, em projetos e sobretudo em intrigas relacionadas a dinheiro, pênis e projetos fez de mim, finalmente, "uma mulher".

Será que eu era um mano de regata e tatuagem de futebol e até hoje nunca me avisaram? Acho que, para não assustar o bebê dentro de mim, adquiri uma voz nova. Mais lenta, mais doce, mais baixa. Quem me telefona sempre comenta: "Nossa, que feminina!".

Procuro mantas de sofá para a meia-estação, tapetes de banheiro com antiderrapantes, organizador de meias para gaveta, mini-hortas de temperos orgânicos, uma receita de bolo de banana sem açúcar e sem farinha.

Parei de seguir a vida de ex-namorados, de tentar ler três jornais por dia, de cobrar as pessoas que me devem dinheiro e comecei a curtir os *stories* de influencers que ensinam a dobrar calcinhas adequadamente. Tá estranhíssimo tudo isso.

    Talvez minha filha não tenha nada a ver com isso. Talvez o amor materno nos torne melhores e ser melhor é sempre mais feminino. Talvez dizer "isso é feminino, isso não é" seja algo bastante besta e machista. Só há uma certeza: todas essas experiências têm sido maravilhosas... mas também dão uma saudade danada de ser mais masculina.

22.

Oi, desculpa, acho que vou cancelar o exame. Vi agora que precisa beber esse jarro de mil litros de açúcar pra medir a glicemia. Não, moça, você não está entendendo. Eu estou em jejum e tenho hipoglicemia. Se meter esses duzentos mil litros de glicose pra dentro, eu vou morrer. Prefiro comprar aquelas agulhas de medir em casa, de diabético, sabe? É, prefiro me furar diariamente por três meses do que tomar esse negócio.

Tá, então você me chama a Beth, por favor?

Minha avó, mãe da minha mãe, era portuguesa e me apelidou de Caganita. Porque eu era medrosa, tinha colite nervosa e sobretudo porque ela não gostava de nenhuma garota que se aproximasse do meu avô. Eu tinha uns cinco anos, mas ela morria de ciúmes dele e ele morria de amores por mim. Quando ela ficava muito irritada com as pessoas, falava duas obscenidades absolutamente espetaculares: "Vai morder a mãe na cona!" e "Caralhos me fodam!".

Cresci ouvindo que minha bisavó, avó da minha mãe, lá

em Portugal tinha um namorado que se mudou para o Brasil e ela, abandonada e grávida da minha avó, entrou sozinha num navio e veio atrás dele. Minha avó, contavam, nasceu no navio. Um drama, uma sobrevivente, lutando desde sempre! Só que quando fui atrás da papelada para tirar a cidadania portuguesa, descobri que minha avó nasceu no Brasil meses depois que a mãe chegou. Descobri ainda que minha bisavó já tinha uma filha de dez anos com esse "namorado refugiado", que na verdade era marido dela. Descobri que ela chegou ao Brasil acompanhada de outros parentes que nunca ninguém conheceu nem ouviu falar. Tentei apurar a versão mais fidedigna para a história dela mas todos os meus tios velhinhos respondiam: "Nunca saberemos porque nunca deixamos ela falar".

A maior tristeza da minha avó foi um irmão que morreu aos treze anos porque comeu uma pizza que não caiu bem. Daí um dia eu cresci, tinha lá meus dezenove anos, e lembrei dessa história e fui pedir para a minha mãe me contar a verdade. "O que era aquela história lá da pizza, que vocês obviamente inventaram só para eu não ficar me empanturrando de porcaria?" E minha mãe falou que era verdade. De fato o irmão da mãe dela, aos treze anos, não tinha nada, tava ótimo, daí saiu um dia com o pai e comeu uma pizza e naquela noite passou muito mal. E nunca mais parou de passar mal. Ainda ficou uns seis meses vivo, mas sempre passando mal. Até que morreu. Fiquei perplexa olhando para a minha mãe e pensando "oi, gente, óbvio que ele não morreu da pizza. Ninguém morre de pizza seis meses depois. Ele tinha outra coisa! Ninguém investigou?". Quando eu tinha uns trinta anos retomei essa história com minha mãe, talvez agora ela me achasse adulta o suficiente para conhecer a história verdadeira. Ela disse que ia ligar para a irmã (a do gás) e botar no viva voz.

Então ela perguntou do que o tio tinha morrido. E minha tia falou: "Olha, na época falaram de uma pizza, né, mas eu acho que foi uma coxinha de frango".

23.

Não é só do parto que eu tenho medo. Tenho medo de virar aquele tipo de gente, sabe? Que faz coisa besta, sem sentido. Escolher o nome da moda, dar festa no berçário, lembrancinhas em gesso.

Acho bem estranho quem faz cabelo e maquiagem para o dia do parto. Acho muito bizarro quem faz ensaio grávida sexy com carinha de "cuidado que a mãe terra vai te pegar gostoso". Acho meio vergonhinha alheia quem gasta uma fortuna na "roupinha de saída da maternidade" como se um ser humaninho de dois ou três dias estivesse indo para um evento em uma cobertura breguíssima na Vila Nova Conceição.

Xampu pra nenê careca, condicionador pra qualquer nenê, termômetro de banheira. Roupinha combinando com a mantinha (e combinando com o traje da mãe), fotógrafo de "mesversário", colar papelzinho na testa do bebê pra passar soluço.

Maiô que vem com fralda costurada, talco, furar a orelha

"pra que saibam que é menina". *Hashtag* mãe de menino, *hashtag* mãe de dois, *hashtag* princesa.

Expor o filho no Instagram pra ganhar dinheiro de marcas, levar pra fazer book de modelo mirim, falar "essa vai dar trabalho".

Botar sapatinho em recém-nascido, vestir roupa chique pra brincar, deixar chorando só porque o livro mandou. Perfume, prendedor de chupeta, aquecedor de mamadeira. Pasta de dente na banguela, andador para o bebê que engatinha, chiqueirinho para o bebê que anda.

Ser contra vacina, ser contra anestesia, ser contra dar colo. Ser contra hospital, ser contra pediatra, ser contra remédio.

Um cadeirão pra comer que custa dois mil reais, uma cadeirinha pra andar no carro que custa dois mil e quinhentos reais, uma decoração de festa que custa dois mil e oitocentos reais. Entrar em fila de escolinha caríssima, matricular em escolinha longíssima.

Tutorial de *sling*, 293 cursos sobre parto, 145 workshops de amamentação.

Transar sem vontade enquanto é lactante, despejar toda a frustração profissional no filho.

Já tenho preguiça da opinião do vizinho, da crítica da avó, do revirar de olhos das pessoas sem filhos na ponte aérea.

24.

Eu jamais gostei de Ano-Novo porque a cidade fica completamente vazia. Minha família era dura e nós quase nunca viajávamos e eu tinha a sensação de viver uma espécie de *Esqueceram de mim*, só que na versão "a humanidade toda com dinheiro versus eu". Era uma espécie de solidão estética e não afetiva. Eu nunca estaria nos melhores hotéis, nas melhores festas, comendo os melhores pratos, rindo desbragadamente com pessoas com os melhores dentes. Claro, é uma espécie de desamparo, vai dizer que não?

Fora isso, meus pais e meus avós e minhas tias odiavam sair da cidade. Quer dizer, às vezes, com muito sacrifício, deixavam a televisão de casa e iam para um apartamento horroroso que tínhamos em Mongaguá. Era um quarto e sala em um prédio medonho, e uma quantidade indecente de parentes dividia o espaço. Meus avós compraram o muquifo junto com mais uns doze parentes. Pra gente ter um final de semana livre tinha que entrar na fila para dali a dois verões. Ou topar dormir uma cambada no mesmo quarto.

A única lembrança que a minha mãe sempre me conta da sua infância é ela martelando e arrancando a cabeça de todas as suas bonecas. Afogando na privada, cortando o cabelo, descascando os olhos.

A minha avó falava para a minha mãe "você não vai dar certo". Era muito magra, muito cheia de desmaios, tinha uns tremeliques. Minha avó tinha perdido um filho homem, ainda bebê, e tinha pavor de que as filhas não sobrevivessem. Se o único macho não tinha vingado, o que seria das três filhas mulheres?

Uma vez minha mãe me "perdeu" na praia. Foi juntando gente, ela gritava, jogavam água gelada na sua nuca e a abanavam. Minha mãe chorava. Ela apontava na direção para onde eu tinha ido mas não conseguia se mover. Avisaram o salva-vidas, avisaram um carro de polícia que passava na avenida perto dali. Ela não conseguia andar, estava semidesmaiada, branca de um jeito que eu nunca tinha visto antes nem veria depois. Era um pavor transparente. Eu voltei tomando sorvete, já tinha doze anos. Quando me viram, não podiam acreditar. Fizeram uns "ahhh, vá" como se dissessem "tá de brincadeira, minha senhora?!". Esperavam uma garotinha de dois anos, perdida. Não se perde uma filha de doze anos. Minha mãe me abraçou, depois me estapeou na frente das pessoas. Sua mão ficou marcada na minha coxa por dias. Foi a segunda vez que ela me bateu. A primeira foi quando eu, aos sete anos, fiquei no laboratório por mais de cinco horas porque me recusava a fazer xixi para o exame de urina. Eu sei, Beth, mãe sofre. Mas escuta, eu também estava mal. Tinham lavado minha vagina com um líquido que ardia demais e eu tinha resolvido nunca mais fazer xixi em toda a minha vida. Eles higienizaram com agressividade e eu não sabia o que tinha acontecido, mas sabia que era errado. Ela me bateu na coxa de novo e falou "mija logo, filha da puta". Foi horrível, Beth.

A gente estava na praia com alguns primos da minha mãe, mas eu nunca tinha visto uma casa tão cheia de gente barulhenta e bagunceira, então eu não conseguia nem comer nem dormir e minha mãe voltou comigo para São Paulo e me levou para fazer exames no laboratório. Na cabeça dela, minha angústia poderia sair no sangue ou na urina e, então, teria um nome e era só dar um antibiótico. Meus pais achavam que tudo era doença física, ninguém considerava ser estragado de cabeça.

Meu psiquiatra me falou que primeiro a gente salva a mãe da depressão e depois pensa se o remédio pode fazer mal para o bebê na barriga. Mãe que pula da janela também faz mal para o bebê na barriga.

Eu tenho horror de mulher que despeja no filho a razão da existência. Ou pior, que despeja no filho a culpa por não ter achado uma outra razão para existir.

Sabe a Tia Perseguida? Ela me ligou um dia para me dizer que sabia sobre "a minha suruba". E nessa frase ela queria, ao mesmo tempo, me dizer que minha mãe era uma sem-noção por ler meus e-mails e eu uma degenerada por ter participado de um bacanal.

Veja, não que venha ao caso, mas eu nunca fiz suruba. Eu estava num jantar que virou uma suruba. E eu achei divertido observar. E talvez eu tenha achado divertido beijar umas duas amigas. Talvez eu tenha dado um tapa na bunda do marido de uma amiga que não fala mais comigo. Mas fico achando que pra consumar suruba algum pênis ou vagina, ou muitos deles, teriam que ter feito por mim mais do que uma belíssima performance meramente visual.

Acontece que, na época, eu quis provocar um namorado

que morava em Nova York e inventei um tanto sobre a tal noite. E ele não acreditou em nada, mas a minha mãe, que lia meus e-mails havia anos, ficou chocadíssima com o relato e resolveu se abrir com metade da família.

Eu falei: "Mãe, você não pode ler meus e-mails. Eu tenho mais de trinta anos de idade. Você não podia ter lido meus diários quando eu era adolescente". E ela respondeu "você não sabe como é difícil ser mãe, você não sabe como é difícil querer saber o que se passa com um filho". E eu respondi "então por que não me pergunta?". A gente poderia ter conversado tanto. Quer dizer, não sobre a suruba, obviamente. Até porque eu nunca fiz suruba.

25.

Nos amigos-secretos da família, a pessoa que tinha tirado a Tia do Gás sempre comprava alguma coisa do Hitler. Ela tinha uma coleção enorme de biografias, livros sobre o Holocausto, fotos dos tanques alemães da Segunda Guerra, romances autobiográficos de sobreviventes, DVDs sobre o Terceiro Reich.

Era a sua maior paixão. Se você perguntasse pra ela "mas você gosta do Hitler?", ela automaticamente se ofenderia: "Claro que não". Daí você ficava olhando com aquela cara de "ué" e ela se explicava, tensa, gaguejante: "Eu só acho tão bonito aqueles militares marchando todos de preto, em ordem, absolutamente disciplinados". Acha bonito, tia? "Interessante, digo, historicamente falando." Tia Perseguida, quando escutava isso, sempre dizia que a Tia do Gás era o tipo de mulher com tesão em homem fardado, de preferência armado, tipinho bem do mal. E elas riam. E nada disso, pensando hoje em dia, é engraçado. Mas eu também ria.

26.

Não aguento mais essas mulheres, Beth.

A papa de maisena orgânica, o colar de âmbar. Mas se fosse só se achar melhor do que as outras mães porque pariu na piscina de brinquedo do filho mais velho, vá lá. Se loucura significa se isolar num sítio sem televisores nem celulares, eu até acho uma boa.

Mas o lance delas é meter o dedo com a cutícula malfeita na sua cara. São pequenas sargentas, marchando sem dó sobre o coração de mães normais e infinitamente culpadas. Elas militam contra regras opressoras, mas estão quase sempre fardadas com suas roupas de algodão natural colorido, armadas com discursos prontos sobre o que é o parto correto, a amamentação ideal, o amor materno de verdade. Acham que tenho tempo (ou saco) de lavar fralda de pano e, caso eu não tenha, que arrume.

Legal é não ter babá e fazer tudo para a cria. Legal é abrir mão das maravilhas que o maldito dinheiro pode comprar (por meio de um emprego capitalista nocivo) e plantar banana no quintal de casa e/ou bananeira na aula de ioga.

    O certo é amamentar cinquenta e seis vezes por dia e, na hipótese de a lactante sentir que vai dar uma pequena desfalecida, é preciso desmaiar com o mamilo pra fora, pra facilitar o acesso do bebê ao corpo inerte da mãe perfeita. São contra antidepressivo, anti-inflamatório, antifúngico e contra o antigo método de mandar um nenê parar de encher o saco dizendo: "Xiiiu, nenê, pare de encher o saco!". Vão te julgar se você der a vacina contra o rotavírus, mas acreditam que duas gotas de Mercurius Solubilis hão de curar uma garganta infestada de pus e baixar uma febre de quarenta e dois graus.

27.

Uma semana antes de eu descobrir que estava grávida, minha mãe me disse para não entrar em desespero, não ter pressa, porque se eu tivesse puxado à família tinha até os cinquenta anos para engravidar. Tentei lembrar quais das minhas tias e primas e avós tiveram filhos depois dos trinta e não me ocorreu nenhuma. Então elas abortaram? Claro que sou a favor, claro que faço minhas militâncias de redes sociais, mas é sempre estranho saber que algumas pessoas tão "afaste de mim qualquer irresponsabilidade relacionada a minha sexualidade" poderiam ter povoado o Natal com mais primos e tios e sobrinhos e irmãos, e voluntariamente se livraram disso.

Lembro direitinho desse dia. Eu devia ter uns oito anos. A Tia Perseguida chegou na casa da minha avó na hora do almoço, meio grogue e chorando muito. E todo mundo começou a chorar. Ela chorava e não conseguia respirar. E chorava e chorava e não conseguia respirar. E dava murros no peito e chorava e chorava. Ela abraçava a filha e chorava e a filha foi ficando cheia de melecas e muito preocupada e deram aquele mesmo jogo de encaixar para ela. Minha tia havia se separado do marido fazia uns três anos, mas me disse que não estava chorando por isso. E ela tinha um melhor amigo que era dono de uma concessionária de carros no Tucuruvi, e eles viviam brigando, mas quando alguém perguntou ela disse que também não estava chorando por isso. E a gente chamava esse melhor amigo dela de Carlos André, mas ele se chamava Valério. Mas nesse dia eu ainda não sabia disso.

Era engraçado porque sempre que viajávamos em família, para qualquer lugar que fosse, como num passe de mágica o tal Carlos André aparecia. Uma vez o carro da Tia Perseguida quebrou no meio da Marginal Tietê com um monte de gente dentro, eu inclusive, e deu dez segundos o carro do Carlos André, como que encantado, estacionou ao lado para ajudar.

Eu pensava que devia arrumar um melhor amigo assim. Desses que, por acaso, a gente encontra no cinema, no restaurante, na praia, na sala de casa, no quarto, no banheiro e até mesmo com o carro quebrado no meio da madrugada.

Só quando Tia Perseguida ficou com o apelido de Tia Perseguida que eu levantei esse tema. Perguntei para minha mãe se o tal Carlos André não era de fato um perseguidor e tinha deflagrado esse trauma nela. Não, minha mãe explicou. Carlos André era amante da minha tia havia anos e na verdade se chamava Valério. Ele aparecia em todos os lugares porque ela chamava, só isso. Mas ninguém podia saber e tal. Enfim, passei uns vinte anos da minha vida encontrando por acaso, em todos os lugares, um cara chamado Carlos André que na verdade se chamava Valério e apenas tinha sido convidado para todos esses lugares. E eu nunca me toquei da coincidência.

Na semana que fiquei grávida, minha mãe me disse que naquele dia do choro incontrolável minha tia havia feito um aborto porque não queria ter um filho do Carlos André Valério. Recentemente, minha tia disse que nunca superou aquele dia, que chora até hoje e que acha que a alma daquela criança já voltou em alguns cachorros dela. Ela tem oito cachorros. Disse também que nunca amou o Valério, que tinha ânsia de vômito sempre que transava com ele, mas que ficava com ele porque ele era o único amigo que teve na vida.

    Disse também que, enquanto namorava o Valério, gostava mesmo era de um outro, cujo apelido era Sabão. E que naquele dia que chorava muito, chorava por todas as mulheres que não puderem ter um filho e por todas as mulheres que não puderam amar um homem. Eu acho que ela chorava também porque sua única filha era a cara do ex-marido que ela detestava. E que esse feto abortado, vai saber, poderia ter nascido com a cara dela.

28.

O médico disse que o corrimento não tem a ver com traição, mas vai saber. Tenho certeza de que meu marido me traiu. Eu odeio quando falam: "Ah, mas você não quer transar, ele foi procurar outra pessoa". Eu não entendo a pessoa transar com o marido, Beth. Me explica? Marido é da família e a gente não transa com parente, transa? Eu sempre gostei de transar com o marido de outras pessoas justamente porque não era meu marido. Você me entende, Beth?

Quando ele não queria ter filho eu pensei que precisava me apaixonar por outra pessoa então flertei aí com uns dois ou três caras. Talvez oito ou onze, não lembro. Mas assim que ele decidiu me engravidar, eu nunca mais olhei para nenhum homem.

Depois do médico, voltei pra casa. Eu estava bem, tranquila, de verdade. Jantei, tomei banho, tudo normal. Um robô que imita um ser humano que imita um robô. Daí comecei a sentir uma falta de ar diferente de todas as que eu já tive, "será que esse desgraçado me traiu?". Não bastava respirar fundo ou contar até cinco pra inspirar e dez pra soltar. Era como se o ar da minha casa fosse tóxico e não desse mais pra viver ali dentro. Eu fiz uma malinha ridícula e fui para a minha mãe. Quando cheguei lá, era como se o ar da casa dela fosse muito pouquinho e de uma temperatura que me queimava o nariz. Era bem pouco ar e estava muito quente pra que me desse algum alívio.

Daí eu pensei: não tem mais ar no mundo. E isso foi a coisa mais desesperadora que eu já pensei. Eu precisava dar ar para a minha filha mas eu não estava mais lembrando onde eu morava para poder retirar algo seguro desse mundo para ela.

Daí eu sentei no chão da varanda da casa da minha mãe e só conseguia falar a palavra cansaço. Estou cansada. Cansada. E olhei dentro do cérebro da minha mãe e dei uma ordem: não diga nada, apenas cuide de mim. Ela não falou nada e ficou perto de mim até eu dormir.

Às vezes minha mãe consegue ser apenas mãe, e se ela soubesse como isso é bom...

29.

Queria mesmo que o psiquiatra me desse o Efexor, mas não pode grávida. Vou tentar me contentar com o Zoloft. Rivotril nem pensar. Milhares de links abrem na minha cabeça e são mais velozes que minha capacidade de fechar cada um deles. Ainda não entendi o estômago, o fígado e o intestino do jeito que eu queria e, de repente, pá: você precisa entender o útero. Comprei um livro engraçado sobre o intestino, papo cabeça-cocô, e estava realmente mergulhada nisso. O gastro até achou que estava dando mole pra ele, de tanta mensagem que eu mandava: "hoje foi mais líquido", "hoje foi mais escuro e seco", "hoje deu aquela colite horrorosa e eu tive que me deitar no chão do banheiro pra não desmaiar". Quem é que acha que está sendo paquerado recebendo essas mensagens? Ele achou. E veio com um papo "sabe o que é bom pra síndrome do intestino irritável? Vinho e boa companhia". Eu estava falando de cu assado e aquele homem viu um interesse sexual em nossa troca de mensagens. Acontece que vinho estava na lista dos proibidões de quem tinha a tal síndrome e achei surreal ele vir com essa dica. Achei chique, preciso confessar, ter uma síndrome num órgão antes tão meramente excretor. E a palavra "irritável" não me remetia a inflamação, mas a um intestino mandão, controlador, cheio de personalidade. Você sabia que para o Freud um problema crônico de saúde é a excitação que foi parar naquele órgão? Por exemplo, gastrite é porque o tesão refreado foi todo para a boca do estômago.

E por que meu tesão estava indo para outros cantos? Cheguei até a ir numa parada que prometia ser suuuper-reveladora, uma especialista em massagem *yoni* ia ficar durante uma hora sapecando meu clitóris até eu ter o mais profundo e transformador orgasmo. Achei que conversaria com uma guru espiritual recém-chegada da Índia. Mas não, era uma ex-massagista da Vila Madalena que tinha feito um curso rápido no Brooklin e lá estávamos, nós duas e um vibrador encapado em plástico filme.

Enfim, eu estava ainda tentando entender esses órgãos tão visceralmente ligados ao funcionamento da minha angústia, quando descobri que estar grávida empurraria, esmagaria e espancaria todos esses órgãos.

Às vezes acho que é a minha filha que está grávida de mim. Ela decide comprar abacate. E lá vai ela, com sua piscina particular que sou eu.

Existe algo de não organizável na gravidez, e por isso não paro de fazer listas. Existe algo de não posição no mundo na gravidez, e por isso não paro de comprar almofadas. Existe algo de muito circular na gravidez, e por isso fico acertando milimetricamente todos os objetos para que fiquem em linha reta. Existe algo de muito hormonal saindo das minhas pernas e sinto saudade de ter cheiro de vagina que transa e quer coisas que entrem e não de vagina que quer coisas que saiam. Tenho um cheiro de natureza abençoada, agora. E esse cheiro é cheiro de pessoa que não transa errado e, portanto, não transa. Lavo compulsivamente todas as calcinhas e todas as calças. Antes de dormir, ignoro a imensa barriga que divide meus pensamentos da minha vagina e imagino putarias sem fim.

Vi um filme ontem. Mais uma história de uma jovem que se apaixona por um homem e sofre muito. E em vez de pensar em mim pensei na menina que será minha filha e me emocionei e temi por ela. Em vez de chorar reconhecendo minhas histórias, pensei em todas aquelas que minha filha ainda vai viver. Ela chegou pra me envelhecer para sempre. Pra envelhecer para sempre a minha mãe. Pra nos matar para sempre.

Quem transa com uma barriga imensa, aquele corrimento que não para nunca, os vinte mil arrotos por minuto, os gases implorando para sair com barulho e você o dia todo arrumando maneiras novas para que saiam silenciosamente (as antigas já foram desmascaradas)?

Cinco dias sem ir ao banheiro e oito de diarreia. Seu corpo ainda funciona como um relógio, mas a cada meia hora ele muda para um país diferente.

Tenho muita raiva da gestante solar, plena, faminta, sexual. Ela abraçou sua divindade mãe-terra, e se deixar ela come minhoca viva com espuma de esperma orgânico. Ela realmente acredita que a força das cataratas e dos vulcões está ligada a sua condição tão especial de gerar uma vida. Ela anda pelo shopping como uma deusa que decidiu comprar lençóis. Arrogante com seu umbigo do avesso. O andar de pata choca soberano. O azeitinho exagerado no pão apenas porque ela se permite, ela é soberana.

30.

    Já te falei do meu pequeno apartamento da Cajaíba, né? Não fica com vergonha, Beth. Esses dias me lembrei de um cara que dormiu comigo. Acho que chamava Ivan, Alan, sei lá. Coitado, na verdade ele não dormiu.
    Eu acordava ele o tempo todo, cutucava, beliscava, apertava, falava coisas, ria, empurrava com o pé, dava peteleco, assoprava os cílios, mordia, fazia psiu, ei, oi, acorda. No dia seguinte ele nem me olhou na cara. Me disse que a pior coisa que uma mulher podia fazer era isso: ficar acordando ele. Por que alguém faria isso? Ele me olhava querendo realmente entender por que eu tinha sido tão idiota. Queria transar, expliquei. Não consegui dormir a noite toda encarando sua barba ruiva, a camisa azul meio suada toda aberta. A cueca com aquele volume que não parecia em estado de relaxamento. Passei a noite toda tentando acordar aquele desgraçado pra poder transar mais. Eu pensava que porra fazia um ser humano com um pau na minha cama se não estava me servindo pra nada. Lembro de olhar meu corpo tão magro na cama. Os

ossos da bacia saltitantes, prontos pra furar, penetrar. O peito durinho. Que saudade desses ossos, desses peitos, dessa vontade que me fazia ser aquela idiota. Lembro que ficava fazendo movimentos como se comesse o colchão. Os ossos da minha bacia batiam no colchão e isso também acordava aquele desgraçado. Ele, sem abrir os olhos, só murmurava um "me deixa dormir, favor". Quem era aquela mulher que tratava assim um rapaz cansado, combalido, um pobre coitado precisando dormir depois de transar duas vezes seguidas? Eu não tinha conseguido sentir nada em nenhuma das vezes, achava tão incrível observar duas pessoas desconhecidas transando que esquecia de sentir algo. Imagina o tanto que eu perderia sentindo e não observando? Eu era uma voyeur sempre muito excitada em me observar.

Assim que acabava o sexo, eu revisitava as cenas mais picantes e aí sim ficava com tesão. Só aí, pronta pra transar. Bem quando a pessoa dormia e não me servia pra mais nada. Antes de chegarmos ao meu prédio ele tinha dito "seu banheiro deve ser enorme" porque me achou com cara de rica e estava cogitando transar em uma banheira incrível. O apartamento era minúsculo e ele riu. Um dia vou ter um banheiro enorme, pensei. E achei um desperdício ele estar dormindo porque eu queria contar isso pra ele. Era isso, então. Não era sexo. Eu queria conhecer aquele cara. O que ele estava fazendo em São Paulo? Por que tinha que ir embora no dia seguinte? Ele gostava da Cassandra Wilson? Porque eu tinha acabado de ouvir um disco dela antes de conhecê-lo em um aniversário cheio de gente casada e com filho. Ele entrou e me olhou e na hora eu pensei "o.k., daqui a meia hora". Ele pensou o mesmo. Essas coisas quando os dois pensam não tem o que fazer. E em meia hora comecei a querer ir embora e a me despedir. E ele disse "acho que também vou". E eu disse "claro". E entramos no meu carro. E ele me disse que não era de São Paulo e tinha que ir embora no dia seguinte cedo. E disse que meu banheiro devia ser enorme. E gostei de ele me ver como uma mulher que tem um banheiro gigante. Um banheiro grande o suficiente para ele ficar pelado e nada disso ocupar muito espaço. Ele queria ocupar pouco espaço, vai ver. Só gozar, dormir e esquecer. E nada disso a gente poderia conversar porque ele estava dormindo. Se ele acordasse, eu ia querer transar. Na manhã seguinte ele não conseguia olhar na minha cara. Bebeu água do filtro de barro e disse "adoro água de filtro de barro". E foi indo embora. Eu falei que também detestava que me acordassem e que entendia ele. Ele disse que não conseguia "pagar paixão" por ninguém assim tão rápido. Ri, achei ridículo e depois fiquei triste. Eu só queria transar, mas também só queria ficar cinquenta anos com alguém. E queria um filho também.

31.

Trinta semanas e não engordei quase nada (apenas recuperei os cinco quilos que perdi nos primeiros meses), o pavor de não ter fome e de não ser uma boa mãe me deixa ainda mais ansiosa e sem fome. Sou um fiapo humano carregando uma pança. Tenho tanto medo da minha versão sem fome, que seca e sai voando e não aterra o suficiente para dar frutos. Ao mesmo tempo, sinto um nojo inegável de quem engorda vinte quilos na gravidez. Um bebê de três quilos não pode ser desculpa pra pessoa multiplicar essa desculpa por sete. Seus órgãos espremidos e você se empanturrando. O esôfago devolvendo exageros em pequenas e constantes subidas líquidas e ácidas e você metendo gordura pra dentro.

Nesses momentos fiapinho humano, obesa apenas em pensamentos que vão se emancipando e pensando por conta própria, antes de qualquer outro pensamento contrário, a abundância de desejos e luxúrias dos outros me enoja um pouco.

Queria ter uma dublê de corpo. Pra segurar minha filha

no colo e pra acordar de madrugada. Porque a maternidade deve ser uma coisa gigantesca e eu sou uma mulher pequena e com frouxidão ligamentar. E me acho fraca. E penso que minha filha não merece uma mãe assim. Então vou fazer tudo que der com ela, mas, na hora de correr algum risco, tipo ferrar minha lombar ou destruir minha saúde acordando cem vezes na madrugada, chamo a dublê. Mas não é isso. Calma. Vou tentar explicar melhor.

Imagina que você está sozinha em casa com um bebê e você desmaia ou morre ou tem um troço doido que faz você cair no chão e seu corpo inteiro travar? E daí você tem um bebezinho lá, te chamando. Aí entra a dublê, entendeu?

Artista não tem dublê de bunda, de seios, de pênis, de pernas? Eu teria uma dublê de músculos, ossos, resistência imunológica e sanidade. Uma mãe que eu chamo quando não conseguir ser uma mãe. Porque, na verdade, a gente é muita coisa e não dá pra ser todas ao mesmo tempo... mas, com criança pequena, é preciso ser mãe o tempo todo... e eu nunca fui nada ininterruptamente.

Preciso que o tempo todo uma pessoa bem normal supervisione minha relação com minha filha.

Comprei um shortinho de couro tamanho PP assim que me descobri grávida. Demorei meses pra começar o enxoval da minha filha, mas na mesma semana adquiri itens de gosto duvidoso, como um salto alto vermelho de cetim e uma calça roxa de camurça. Itens que não estou usando durante a gravidez, por motivos óbvios, tampouco pretendo usar um dia. Mas o shortinho PP me encara do armário, tipo uma bandeira enfincada em algum planeta distante e inalcançável.

No ultrassom de ontem ela levantava os bracinhos, mexia as perninhas. Fiquei superfeliz. Quer dizer, feliz, acho. É que, ao mesmo tempo, o que resta do meu egoísmo viciado em vísceras mais funcionais lamenta o fato de não conseguir cagar como antes. Eu poderia falar fazer cocô, não custava nada, mas é que não suporto mais fazer pequenas bolotinhas infantiloides e apáticas. Quero sentir novamente como um adulto caga. Aquele pensamento tão másculo de "preciso dar uma bela cagada". Sentir que funciono. Dar uma bela cagada. Desculpa, Beth, insistir nisso, mas é que falar essas coisas pouco femininas sempre me fez tão bem. Há meses negocio essas pequenas e duras e ridículas bolotinhas de fezes a cada dois ou três dias. Nos outros, nem isso. Sou um pacote de ossos mareados, carnes flácidas e pança imensa tentando caminhar e cagar.

O resultado da translucência nucal vem numa pastinha lacrada. O medo de o filho ter algum problema é tão grande que sentimos a tensão até na colinha da pasta lacrada do laboratório.

Descobri que estava grávida numa festa infantil, dessas a que a gente mesmo querendo não pode deixar de ir. Não faltavam lugares para sentar entre o palhaço maconheiro e a mesa farta de docinhos, mas meu cansaço ultrapassava o descanso possível. Eu queria mais. Queria deitar no chão da minha casa. Em silêncio. Coberta. No escuro. Para sempre. Com o mundo aos poucos e muito bem explicado. Senti que era invadida e vencida por uma enfermidade que me faria curvar a uma feminilidade e a uma docilidade que, não apenas eu não tinha, como ria delas o tempo todo. Algo sugava a energia do rapazinho altivo em mim e só me restou falar baixinho, explodindo em vagininhas, segurando o antebraço do meu namorado: "Vamos, amor, não tô bem".

A vida inteira minha mãe falou "a gente sabe quando está grávida porque é estranho". A vida inteira fui muito estranha e senti coisas muito estranhas. Mas dessa vez era diferente e eu pensei "ah, agora sim". Comprei dois testes. Um daqueles bem caros (como sou nascida na zona leste sempre acho que o mais caro é muito melhor) e outro mais barato (no fundo não acredito em coisa cara).

O que eu queria MESMO era ligar para a minha mãe e contar "olha o que eu fiz pra você! Lembra que mesmo eu sentindo que tenho doze anos, você me lembrou esses dias que tenho trinta e cinco e já estava na hora? Lembra que mesmo eu te vendo com quarenta anos, você me lembrou esses dias que tem sessenta e cinco e não queria morrer antes de ter um neto? Então. Legal. Cê passa aqui e pega ele ainda hoje? Sim, o feto".

32.

Tia Perseguida uma vez cismou que era escritora. A gente perguntava que tipo de livro ela estava escrevendo e ela explicava que não era um livro, eram frases. Mas quem escreve frases, ao juntar todas elas, escreve um livro, não? Não. Ela estava escrevendo apenas frases. Frases que depois ia estampar em camisetas e vender. "Então você quer vender camisetas?", a gente perguntava. E ela explicava que não. Ela era uma escritora de frases que fariam muito sucesso e que ela então iria estampar em camisetas. A gente ria e tinha certeza de que nada disso aconteceria, mas por motivos de mundo bizarro e redes sociais aconteceu e em um mês minha tia vendeu todo o estoque com trezentas camisetas e frases do tipo: "Eu vou é cuidar de mim que ganho mais". O problema é que, se você pensar bem, essa não é exatamente uma frase criada por alguém. É uma frase de qualquer um, entende? Então muita gente começou a entrar no site da minha tia e escrever "peraí, essa frase é minha!". As pessoas queriam processar minha tia porque a frase "Agora eu decidi ser feliz" não tinha sido dita por ela e sim pela Sara ou pelo João Renato ou pela Gabrielinha ou pelo Douglas ou pela piradinha87. Então minha tia um dia entrou lá no site e mandou todo mundo tomar no cu e acabou com a empresa. Ela acha que talento é algo muito delicado, atrai muito olho gordo.

Minha mãe era a única das irmãs que realmente trabalhava. Durante a infância, eu passava as tardes na casa da minha avó, que era vizinha da Tia do Gás, que era vizinha da Tia Perseguida. A diversão predileta das minhas tias era ficar acarinhando meu cabelo e repetindo a frase "essa menina, tadinha, ninguém tá nem aí pra ela". Me contavam do dia que nasci, o médico veio avisar que era menina, e meu pai fez cara feia e deu um murro na mesa. E olhavam para o relógio, com cara de profunda pena de mim, "hoje é dia que a mãe chega tarde do trabalho, se é mesmo que ela tá fazendo hora extra". Elas falavam isso enquanto me faziam cócegas e carinhos. "Você foi largada aqui, mas tudo bem, você tem a gente."

Um dia minha mãe chegou com uma colega da firma, pra almoçar na casa da minha avó. A moça se chamava Telma e, em algum momento, pediu pra usar o banheiro.

Ela começou a demorar e então minhas tias e minha avó começaram a malhar a coitada. Onde já se viu fazer cocô na casa dos outros? Ah, isso aí é coisa de mulher arrombada que não segura mais. Não gostaram do cabelo da moça nem da roupa nem da bolsa e acharam ela falsa e começaram a aconselhar minha mãe a desfazer a amizade.

A moça voltou do banheiro maquiada, estava se arrumando para voltar ao trabalho, minhas tias não puderam suportar aquela mulher que tinha emprego e ainda era bonita. Minhas tias perguntaram pra ela se ela precisava mesmo ir trabalhar "daquele jeito" e a pobre Telma nunca mais pisou em casa. Minha mãe precisou ter, como únicas "amigas", as suas irmãs e a sua mãe. A vida inteira.

33.

Fica aqui comigo enquanto eu faço o ultrassom, Beth?

Como deve ser bom ser mulher. Eu era famosa na escola por ficar de castigo junto com os meninos e por imitar perfeitamente todos os professores na festa de final de ano. Eu tinha o poder de chamar a atenção com o que saía da minha boca (no entanto, nunca era a minha a boca que eles beijavam).

"Minha mãe sabe ser mulher", eu pensava o tempo todo. Tenho algumas lembranças de quando era bem pequena e absolutamente todas se referem a ela. Eu embasbacada, vendo minha mãe tomar banho. Alucinada, vendo ela secar os imensos e rebeldes cabelos. Apaixonada, tentando beijar seus lábios entreabertos enquanto ela roncava (tão feminina até nessas horas!).

Não me vejo inserida no papo do complexo de Édipo, do Freud, da inveja do pênis e tal. Eu nem sabia o que era um pênis naquela época. Não tinha irmão e meu pai já tinha saído de casa fazia muito tempo. Nunca brinquei de "eu mostro o meu, você mostra o seu" com nenhuma criança.

Minha castração aconteceu quando, cansada de desembaraçar meus cabelos, minha mãe fez um corte joãozinho. Meu avô, pai do meu pai, brincava: "Quem é esse menino?". Na verdade ele não brincava, ele tinha demência.

Minha castração aconteceu quando dei meu primeiro bailinho com meninos (eu devia ter uns dez ou onze anos) e nenhum deles me tirou pra dançar... Já minha mãe dançou com todos. Ela disse "isso não vai ficar assim". E tirou pra dançar os meninos que não me chamaram pra dançar com eles. Eu não estava decepcionada por não ter um falo, estava era desesperada por não ter nada.

Ela vivia reclamando do assédio masculino. O vizinho causou um acidente porque entrou com o carro na contramão quando estava olhando para a sua bunda. O oftalmologista errou o grau do olho esquerdo porque não tirava os olhos dos seus seios. Ela "odiava" os homens, mas se deleitava com essas histórias.

Minha mãe tinha um pau imenso. Já eu tinha aparelho nos dentes, botinha ortopédica e óculos pesados.

Minha mãe abusava da academia, abusava dos cremes, abusava do sol, abusava dos decotes, abusava das minissaias, abusava dos camarões fritos, abusava dos corações partidos. Até que um dia percebi que ela também abusava, e muito, do meu amor.

A primeira vez que viajei com um namorado e passei dois dias longe dela, ela voltou a fumar (depois de oito anos sem cigarro) e deixou o cinzeiro sujo no meu quarto.

34.

Karine, senha 139 preferencial. Líquido amniótico para ver a condição da placenta. Sim, o plano autorizou o exame.
 Fecho os olhos e me imagino em algum lugar quente, eu magra, eu numa fase ótima, eu solteira, daí conheço um cara, a gente tem um romance muito intenso, minha filha já tem mais de um ano, já desmamou, está com meu ex-marido em outra cidade e eu estou livre. Me sinto com vinte anos novamente. Da minha vagina não saem mucos estranhos e sim o néctar da luxúria. Fecho os olhos e penso nessa cena o tempo todo. Eu ainda não comprei nenhuma roupinha para a neném. Ainda tenho muito medo de perder ela, mesmo estando no terceiro trimestre. No começo foi ainda pior. Mas quando vêm com aquele papo de não contar antes dos três meses pra ter certeza de "que o bebê vai dar certo" eu penso o quanto as pessoas são ridículas. O que é um bebê dar certo? Virar neurocirurgião com doutorado? Espero então trinta e sete anos pra contar que estou grávida? Quando o bebê for receber o Nobel eu conto que estou grávida dele? Se ele vingar, ganhar

dinheiro, constituir família e me der um neto saudável, posso contar que estou grávida?

Detesto chá de bebê, chá de fralda, chá de revelação, chá do meu ânus, chá da minha rola alada. Eu não suporto o mundo. Quer casar, quer ter filho, se vira. Não me faça ir à sua casa cada hora com um presente. Entrar em lista de loja de departamento pra te comprar espremedor de pênis ou ralador de ânus. Se você não pode comprar seu lixo ou sua própria forminha pra fazer pequenos bolinhos de merda, isso não deve ser problema dos outros.

Sim, não inchei nada.

As pessoas me falam que "não engravidei na cara". Eu respondo "pois é, foi na barriga mesmo". As pessoas queriam que eu tivesse engravidado na cara pra ficar com aquele rosto de bolacha maria. Estão todos tão decepcionados que não inchei, não engordei, não embaranguei, não parei de trabalhar, que sou obrigada a falar mal de mim. Só pra não perder os amigos. Então conto das manchas terríveis que estão sob a maquiagem. E da dor insuportável das costelas. E de como senti enjoo. Percebo na hora que fica tudo bem.

Eu tomava remédios antes de engravidar. Pra acalmar, estabilizar o humor, essas coisas. Mas meu antigo ginecologista me mandou parar com tudo. Meu psiquiatra foi contra, "não se para com medicação psiquiátrica justamente quando o corpo é inundado pelos hormônios insanos da gravidez". O ginecologista que arrumei depois também liberou o uso do antidepressivo. Depois troquei pela terceira vez de médico e ele também liberou. O clínico geral liberou. A psiquiatra que arrumei depois, porque me enchi do meu, me apoiou a voltar com o Zoloft. Toda uma junta médica que mantenho ativa em mensagens pelo celular basicamente implorou para que eu voltasse a me medicar. Mas fiquei com as palavras do primeiro ginecologista na cabeça: "Não se sabe cem por cento o que acontece com o feto quando a mãe toma essas coisas".

Minha mãe aparece aqui com flores, tortas integrais orgânicas, eu quero amá-la, mas ela fala "como vão minhas meninas" e quero apenas ficar sozinha. Aqui existe um ser humano assustado, enjoado, desesperado. Apenas um. Sou apenas uma pessoa e estou passando mal.

Passo o dia fazendo listas de pessoas que odeio.

Olha, posso matar pessoas que contratam fotógrafos para "ensaios da barriga". Não faz fotinho olhando pra baixo, serena, acariciando o umbigo. Tá, alguém gozou dentro de você e vem aí mais uma criança pra gritar em restaurante de shopping.

35.

Falhei como parceira amorosa de minha mãe. Eis o que me trouxe a tudo de bom e maduro e correto e claro e saudável da minha vida. Ainda assim, falhar com a mãe, por mais maluco que seja o plano inconsciente dela, é uma culpa que bons filhos (ou fracos ou apaixonados ou neuróticos ou é tudo a mesma coisa) carregam. Falhei. Chegou certa hora que não suportava mais quando sua voz ficava rouca, seus beijos se aproximavam muito da minha orelha, sua mania de abraçar e fazer "hummm" baixinho. Falhei. Eu gosto de homem, mãe. Eu gosto do outro. Nada nessa casa me interessa mais. Agradeço muito por todo esse tempo dedicado a não me deixar cair ou me cortar ou me resfriar, mas agora tenho pensado em pênis, e, veja você, isso tem me parecido bem mais legal do que ver você lambuzando as coxas com creme Nivea de latinha azul. Você queria ir ao cinema comigo, ao parque, a uma pousada, à feira, ao Lar Center ver poltronas, à Leroy Merlin escolher pastilhas para a parede. Mas essas são coisas que jamais faremos juntas, pois jamais seremos um casal. Você insiste em me contar em detalhes seu dia parada no trânsito, achando que vou lhe oferecer massagens nos pés. E já vai encostando os pés na minha perna. Vou ter amigdalites e enxaquecas e vômitos em jatos e febres às seis da tarde e fobias e amnésias porque vou me castigar todos os dias por isso, por me recusar a te servir, mas não serei sua parceira amorosa disfarçada de "filhota do coração, minha grande parceira". Não serei eu a única que lhe sobrou, com minhas costas sempre cansadas e encurvadas por carregar a sua mochila cheia de cabeças cortadas de homens que não valiam nada, a dividir um sorvete com você sábado à tarde, camuflando com doses altas de açúcar sua desesperança, sua desistência. Vou passar esse sorvete no pau do primeiro desgraçado que entrar agora nessa sorveteria incestuosa, e, mesmo que ele não valha nada, preservarei sua cabeça apenas para que ele possa comandar o fim dessa palhaçada. E manterei o erro apenas porque preciso de um erro para fora de nossa bolha do amor. E confundirei qualquer desgraçado com amor apenas porque será preciso alguém muito forte pra nos romper, mãe.

36.

Tenho medo de chegar ao hospital acompanhada de duas vozes dentro da minha cabeça. Uma apelidei carinhosamente de Açougueira Louca do Mal; a outra, de Hippie Chatola da Vila Madalena. E se a primeira insistir em resolver logo o perrengue? E me disser algo como "você está com dor há dois dias, gata. Quem não dilatou em quarenta e oito horas sentindo contrações não dilata mais, meu anjo. Pra que passar por isso em pleno século XXI, chuchu? Manda abrir essa barriga e acabar com esse sofrimento de uma vez, amore. A última vez que meditou, você passou dois dias tomando Tramal pra dor nas costas, bebê. Você prefere Rivotril a incenso, colega. Você adora trabalhar, você ama dinheiro. Se essa doula vier mais uma vez com a bola de pilates e te mandar ter paciência, você enrosca a manguerinha da oxitocina na garganta dela, combinado? Mais uma cardiotoco ou um exame de toque e você quebra o hospital inteiro, formô? Vamos pular logo pra depressão pós-parto, porque o tempo urge. Lembra do Caetano de quem você tanto gosta: 'Pra que rimar amor e dor?'. AGORA!".

Daí vem a Chatola da Vila Madalena tentar argumentar, falar baixinho e ainda assim se sobrepor à outra: "Respire! Seu corpo está te convidando para uma aventura maravilhosa. Sua neném merece nascer pelas mãos da sábia Natureza. Você não é uma máquina de resolver problemas, você é uma bênção divina. Não controle, não tema, apenas aceite esse momento mágico e abrace o milagre da vida. Se a doula vier mais uma vez com a bola de pilates mesmo com você gemendo que não aguenta mais, seja grata. Se o desmaio estiver chegando, seja grata. A contração agora vem de minuto em minuto e você não sabe se caga, vomita ou soca a cara do seu marido. Seja grata".

37.

Minha mãe encontrou umas fotos antigas da gente na praia. Eu, uma criança alérgica, angustiada, sempre com enjoo. Ela de fio dental exibindo sem maiores questionamentos tudo o que tinha conseguido nas horas quase diárias na academia. Lembro que as conversas nos muitos verões que passamos juntas sempre se resumiam a coisas do tipo "mãe, se a gente comer essas comidas da praia, pode morrer?", e ela respondia algo como "morre quem passa vontade", e comprava sacos gigantes de camarões fritos e detonava tudo com luxúria, urgência e casca (foi internada em um pronto-socorro podre de Ubatuba, dias depois fez tudo de novo). Minha mãe era uma força maravilhosa da natureza enquanto eu, aos nove anos, já era fóbica e estranha.

Um dia ela chegou em casa contando que ao sair do trabalho, saia lápis coladinha, salto muito alto, decote nos seios esplendorosos, cabelão Farrah Fawcett, foi responsável por um acidente: dois carros colidiram ao vê-la passar. Ela chegou narrando a cena, se fazendo de preocupada. Adorando. Quando brigavam, meu pai dizia: "Se você sair por essa porta, eu pulo pela janela". Ela saiu e ele não pulou, mas até hoje fica nervoso quando minha mãe aparece. Essa mulher de um metro e meio de altura (e agora com sessenta e cinco deve estar ainda mais baixinha) sempre causou emoções por onde passou. Sempre foi a Brigitte Bardot do Belenzinho.

Aos cinquenta e muitos, decidiu fazer um lifting facial e se internou numa clínica. Eu fui com ela, achando que era uma besteirinha de meia hora. Tipo tirar uma pinta. Ela então me explicou: "Vão descolar a pele do meu rosto e costurar de novo". Quando fui buscá-la na clínica, a enfermeira teve que me segurar. Minha perna falseou. O que tinham feito com a minha deusa? Minha mãe ficou meses parecendo uma sobrevivente de atropelamento de ônibus. Até que um dia ela acordou maravilhosa, com quarenta anos de novo. Ainda assim, ameaçou processar o médico por tê-la deixado com uma orelha mais alta que a outra.

38.

Desde que meu clínico geral falou "tem que se preocupar menos e passear mais, menina", fiquei um pouco apaixonada. O cara se acha o fodão porque é médico e me trata como uma menininha perdida e eu acho isso sexy. Eu jamais daria certo com ele. Jamais. Deus me livre de homem machista. Mas para o meu fetiche, vixe, sou muito a fim desse médico. Ele não me deixa falar nunca. Como é que uma menininha vai falar no lugar dele? E eu fiquei numa tara louca. Eu meio que me apaixono por todo e qualquer médico não horroroso e com menos de cinquenta e seis anos (dentro de consultórios, na casa de amigos, em cursos, festas, redes sociais ou lançamento de livros) que possa, na minha fantasia, aquietar esse troço ruim que nenhum exame de sangue ou imagem jamais identificou. É maravilhoso, claro, mas é horrível. Entende, Beth? Está me achando muito maluca?

Ele me enforca um pouco e fala "acho que seus gânglios estão inchados, pode ser da febre". Eu fico louca, Bethânia.

Te falei que eu tinha mania de me fazer de morta quando

era criança? Tinha mania de me fazer de desmaiada, na real. Mas dá pra chamar de "se fazer de morta" também. Muito parecida a brincadeira, né? Morta ou desmaiada, aí vai da interpretação de quem presenciar. Uma vez eu desmaiei de verdade. Esqueci de almoçar e caí dura no metrô.

Sabe o que eu gostava de fazer com a minha mãe? Encher a boca de ketchup e canjica. Daí simulava uma superqueda e cuspia na mão dela o que deveria parecer sangue e dentes.

Quando eu tinha uns sete anos, vi minha mãe morta no chão do quarto. Na verdade, as pernas estavam no banheiro e o resto do corpo, no quarto. Era uma suíte, por favor, não imagine ela mutilada. Ela usava um baby-doll rosa transparente e dava para ver seus pelos pubianos. Baby-doll é um nome bem machista, né? Lembro de ter pensado que por causa dos pelos ela não poderia estar morta, a morte deveria ser muito taciturna, não deveria abrir espaço pra gente ter vontade de rir ou ficar com vergonha ou até mesmo se distrair com recôncavos eróticos suprimidos. Então, apesar do susto de ficar sem mãe aos sete anos, tive calma o suficiente para chamar: "Mãe? Mãe?". No terceiro "mãe" ela sentou, se abanou e disse que a dor da cólica menstrual de quem tem endometriose era tão horrível que ela havia desmaiado. Depois disso, encontrei minha mãe morta mais umas dezenas de vezes.

Morta no sofá dos meus avós por ocasião de uma cólica de pedra no rim. Morta na cama, com a dramaticidade de um pequenino vômito ao lado, quando arrumei um namoradinho que ela detestava. Durante uma briga com meu pai, a pressão dela caiu e ela ficou uns bons minutos jogada no chão da sala, inerte, muito pálida e suada. Meu pai dizia "levanta daí, vai assustar a menina", e eu pensava "bom, ela já morreu tantas vezes e não era nada". Quando minha avó morreu (do tipo de morte que se enterra mesmo) de problema no coração, no dia seguinte minha mãe se jogou no chão, socando o peito, e me pediu que chamasse ajuda. Já te contei isso? É que me marcou demais.

"Então vai ser assim, de forma sequencial, vamos todos morrer sozinhos e do coração", pensei.

Sabe que uma vez fui a um médico ortomolecular, gostei muito dele (mas não voltei porque minha mãe falou que médicos ortomoleculares eram todos enganação e ela fez aquele "vixe" que me irrita tanto mas que acabo obedecendo) e ouvi uma frase que jamais esqueci. E a frase saiu da minha boca e não da dele. Ele me pediu que eu falasse, sem pensar, qual era o meu maior medo. Exclamei, rápido, achando graça: "Medo que minha mãe morra!". Daí continuei falando de baratas, aviões, lugares fechados, comida estragada, gastroenterite, dor, morrer.

Uma vez, numa terapia cognitiva para perder medo de avião, descobri que eu não tinha medo de voar e sim de me distanciar da minha mãe. Jamais ficava nervosa para voltar pra casa, só pra sair. Não queria levar minha mãe na viagem nem ficar na casa dela e abrir mão da viagem. Não queria sequer telefonar pra ela. Eu já tinha trinta anos! Mas minha angústia tinha tudo a ver com me distanciar dela. Foi quando a terapeuta cognitiva falou: "Imagine uma mãe que jamais morresse e vivesse pra sempre. Imagine daqui a duzentos anos essa mãe e daqui a mil anos essa mãe".

Uma vez percebi que junto com a sopinha da minha mãe vinha a minha mãe. E percebi que minha dor de barriga era minha mãe ainda em mim, uma gravidez indesejada, um digerir de mil anos. Várias vezes por dia você quer chamar sua mãe e lembra que já é adulta e daí fica tipo um pigarro na garganta, sabe? O eterno grito interrompido de chamar a mãe que não existe. Opa, ia gritar aqui pela mammy mas só limpei a garganta e segui com minha vida, que é o que temos apesar de as costas implorarem colo. Pigarro nada mais é do que o recalque da infância nos ameaçando.

Aprendi na terapia que minha mãe não tem absolutamente nada a ver com a minha mãe. Tem a senhora que me criou e atende pelo nome de mãe, e tem a mãe que eu criei e que atendo só uma vez por semana porque não suporto falar com ninguém ao telefone, muito menos com a minha mãe.

Minha mãe só se organiza a partir da expectativa de que minha presença, minha voz, minhas palavras, meu toque resolvam sua vontade de meter a testa na parede. Quando chego e ela percebe que sou apenas uma pessoa e não a cura da desgraça universal, ela frita o epicentro da minha íris com a sua imensa decepção. Sou absolutamente igual e faço o mesmo com ela.

Minha mãe me cobra o aluguel dos nove meses que passei em sua barriga há trinta e cinco anos. Ela sabe meu CPF de cor e faz questão de dizê-lo numa cadência que ela chama de "mais correta" que a minha.

Ela se confunde comigo e me manda e-mails com lista de coisas que ela não pode esquecer de fazer. Daí pede desculpas, "ops, era pra você mas mandei pra mim". E o ato falho se perpetua e ela nem percebe.

39.

O nome da mulher é Mel. Ontem mesmo falei pra amiga que me indicou o curso: "É muito açucarado? Detesto coisa muito fofinha". Ela sabe que tenho pouca paciência para meiguices e que esse curso deve ser cheio de mulheres deslumbradas com o milagre da vida e com papinhos chatolas a respeito de chá de bebê, lembrancinhas de maternidade, ensaio fotográfico da barriga etc.

Se a mulherada começar a falar "ai, meu marido isso, ai, meu marido aquilo"... Tenho horror a mulheres que falam "ah, porque meu marido...". Vontade de perguntar: "E você, o que acha das coisas?" Entende? Esse tipo de mulher que tem opinião só depois que o marido fala? Claro, não é porque uma mulher casada engravida que ela vai necessariamente se comportar como a típica mulher casada que engravida. Claro, essa típica mulher casada com filho é mais uma coisa da minha cabeça e não a típica mulher casada com filho. Eu, por exemplo, tô casada e grávida mas não sou a típica casada grávida.

Ontem estava num restaurante e tinha um casal com

uma filha e daí chegou outro casal com mais duas filhas. As meninas usavam laços enormes na cabeça. Sabe esses laços enormes que estão na moda? E elas gritaram e choraram e reclamaram o almoço inteiro. E os pais estavam claramente de saco cheio delas, deles próprios e do lugar. E as mulheres estavam claramente com a ossatura da bacia mais larga do que queriam porque dá pra perceber pelo andar de uma mulher quando ela mais arrasta do que desfila um corpo. E os homens estavam com cara de "quinto dia de diarreia". Tenho medo de me tornar essa pessoa, essas pessoas.

40.

Bom, fui lá na Mel. Cheguei perguntando se ela iria ensinar coisas estranhas tipo massagem no períneo.

A quantidade de informação sobre gravidez, parto, pós-parto, amamentação, ser mãe, ser mãe para sempre, morrer um dia. É muita informação sobre tudo isso e muita informação de repente e para sempre e até poucos meses atrás eu estava flertando no inbox do Facebook. Daí agora me pego tentando botar tudo em ordem, tudo sob controle, mas cada microdetalhe me escapa porque se multiplica em mil detalhes. E isso é cansativo.

Durmo muito, mas nem sei se é por causa da anemia, acho que é porque canso de não conseguir controlar nada que sinto, que penso, que leio, que escuto. E não sei se vou gostar desse curso, das pessoas. Eu amava omelete mas desde que engravidei garrei horror a ovo. Outro dia estava no quarto e meu marido quebrou um ovo e eu nem senti o cheiro, mas só de ouvir o barulhinho da casca quebrando comecei a ter ânsia.

Outro dia vi apenas a caixa de ovos no supermercado e me deu muita vontade de vomitar para sempre.

Superestranho, a mesma coisa aconteceu em relação a minha amiga Raquel. Sempre adorei a Raquel, não tenho nada pra falar dela. Mas olha, desde que fiquei grávida, não posso ver foto, ouvir voz pelo áudio do WhatsApp, não consigo lembrar que ela existe. Tenho vontade de ir até a casa dela e pedir que, por favor, se possível, ela inexista. Queria pagar uma passagem pra ela sumir do país. E ela não me fez nada. Eu adoro ela.

Engraçado, achei que doula era só quem fazia partos em casa. Li que, para o Winnicott, a síndrome do pânico é uma lembrança de quando éramos muito bebezinhos e precisávamos de acolhimento e ninguém veio. No meu caso, sempre vinha alguém, sempre tinha gente, mas eu me sentia sozinha mesmo assim. Imagina uma família que fala o tempo todo, sem parar, e está presente o tempo todo, sem parar, mas nada daquilo acalma ou é o que se gostaria de sentir ou ouvir?

Sempre ganhei minha família na doença, jamais na dúvida. Eu tinha bem mais dúvidas do que doenças, e, pensando agora, talvez elas, as tantas dúvidas, é que foram me causando doenças. Eu passava dez, quinze, vinte dias me perguntando se aquele verde no cantinho do pão era orégano ou mofo. Em sendo mofo, eu morreria ou teria dor de barriga? Em tendo dor de barriga, seria um cocô mole corriqueiro ou uma avalanche histérica de fezes líquidas? Mas enquanto confabulava sobre um mal-estar feroz, eu não tinha a atenção de ninguém. No entanto, se tocasse o rabo de um pequeno resfriado, as madeixas de uma leve enxaqueca, o rastro de uma caganeira média, algum adulto acabava por se ajoelhar até minha soberana minúscula altura e perguntar como eu estava e se precisava de alguma coisa. Fui entendendo que só meu corpo falho, sobretudo falhando, poderia receber amor (e que as coisas todas que me atormentavam a cabeça teriam que ficar por minha conta mesmo).

Fui a criança mais assistida, mais amparada, mais pelo-amor-de-Deus-coma-alguma-coisa, mais sopinha-na-boca, mais frutinha-cortada, mais bota-ela-na-balança-pra-ver-se-engordou, mais magrinha-assim-é-perigoso-pegar-virose. Contudo, sofri de obesidade mórbida de pensamentos, em silêncio. Minha brincadeira predileta na infância era não estar apavorada.

Recentemente inventei um episódio de um seriado, pra TV, te falei que escrevo roteiros para prêmios mas que um dia vou escrever para cinema e televisão e daí eu que vou ganhar os prêmios?

Então, era sobre uma família que competia o tempo todo pelo título "Hoje Eu que Tô Pior". A doença unia eles todos, eles falavam o tempo todo sobre doenças. Acho rir do que é deprê um troço que me acalma como nunca ninguém da minha família acalmou. Acho que essa foi a linguagem "familiar" que eu criei para mim. Então, esse tipo de conversa me interessa, mas, claramente, olhando as grávidas do grupo da doula Mel eu não sei se a galera vai me entender. Certeza que a coisa vai degringolar para "a pegada correta do bico na hora da mamada", não vai? Eu sei, claro, é importante.

Mas é que eu não sou corpo, você entende? Eu falei pra doula Mel que eu quero parto normal, mas nem sei se vai rolar porque não sou uma pessoa corpo. Prefiro assistir uma briga verbal na rua a ver um balé no Teatro Municipal. Prefiro escrever, ler, estudar a dançar, meditar... Transar eu curto quando rola um joguinho mental meio doentinho, provocativo, sei lá. A coisa só corpo eu não entendo. Ah, porque o cara mexeu ali naquele ponto eu vou à loucura? Não. Talvez se o personagem que criei do fulano for muito bem construído e eu me sentir subjugada, por alguma razão, ou ele subjugado a mim... talvez daí eu sinta prazer. Pois é, não dá mais pra falar essas coisas, né? Jogo de poder sexual ou mental virou debate militante de rede social. O que eu sempre quis dizer pra essas pessoas é que eu respeito demais quem não tá ali pro jogo. Mas eu sempre estive ali pro jogo. Então, mas a hora que o curso da doula Mel começar, as grávidas vão querer falar de probióticos, vitaminas... Aliás, tá impossível tomar essas vitaminas, não rola, me dá dor de estômago. Não sou muito corpo, mas sinto ele o tempo todo latejando as coisas da minha cabeça.

De tudo, o que mais me assusta é quando fico por algumas horas muito triste e enjoada e preciso deitar e esticar as pernas pra cima e penso que minha família sempre foi tão estranha e que, talvez por isso, eu não me veja agora tendo a minha família e que, se parar pra pensar de verdade, não existe posição confortável pra sentar ou deitar ou andar. E fico meio suando frio e talvez reze um pouco e abra as janelas e é disso que eu tenho medo. Medo dessa sensação horrível de não ter pra onde ir nem o que fazer pra passar a angústia naquele momento. E agora tem um bebê dentro de mim então eu não posso simplesmente ignorar que existo. Quando era mais nova achava que minha mãe era a solução. Depois achei que morar sozinha era a solução. Agora, imagina ter isso e um bebê e estar sozinha com esse bebê? Daí as pessoas vão dizer "quando se tem um bebê isso passa". Mas "isso" sou eu. Eu não quero passar e muito menos quero passar porque tive bebê. Essa parte é a que mais me assusta. Vou poder ficar muito assustada e angustiada e com frio e sem saber o que fazer depois que eu for mãe? Mas quando o curso da doula Mel começar, as grávidas vão querer falar sobre métodos naturebas de curar assaduras de bunda e rachaduras de mamilo, mas o que a gente precisaria mesmo falar nós nunca vamos falar.

41.

Estou procurando o livro *A caixa-preta*, do Amós Oz, que a minha analista me indicou quando vejo ele... Na verdade, estou é lidando com a falta de equilíbrio da minha barriga de trinta e quatro semanas em primeiro plano e a presença daquele homem no andar de baixo da livraria em segundo plano. Se meu marido demorasse a me engravidar, continuasse a me negar seu esperma e ejacular insistentemente no meu umbigo, esse cara que está agora no andar de baixo da livraria era o primeiro da fila a ser acionado. Há quinze anos tenho este homem como "o lugar para onde correr" mesmo tendo muita clareza de que ele apenas me diria "não, nem fodendo, não tava nem lembrando que você existe".

Sua barba está grisalha e eu queria esfregar ela inteira no meu corpo. Grávida, não tenho nenhuma libido e, particularmente, por alguma questão que valeria a pena esmiuçar na terapia, tenho horror a grávida tarada. Mas por ele tenho tesão até desmaiada, anestesiada, morta. Ele encontra o livro pra mim.

"Que nome terá sua filha?", ele pergunta. Eu digo e ele não acredita. O nome que me disse uma vez que daria a uma filha, se a tivesse. Não é loucura minha, é meu nome preferido. Talvez seja um pouco maluquice minha porque, quando se trata de gerar um ser humano bem ali ao lado de onde produzimos dejetos, não peça a uma mulher muita noção do que está fazendo. Você quer o melhor para o seu filho, você quer ter tempo de chegar à sua versão melhorada antes que ele nasça. Mas ele está ali, sendo gestado vizinho à sua merda. Abraçar a ambivalência um dia salvará as mães, mas talvez antes seja preciso a compulsão em tentar dispor tudo em linhas retas esterilizadas. Só no cansaço aceitamos a palavra merda. O tanto de cocô que o bebê vai fazer, a diarreia no dia do parto, cagar com o bebê no colo porque não tem mais ninguém em casa, os peidos fétidos durante a amamentação, a explosão de fezes na parede atrás do trocador de fraldas, a merda incrivelmente estranha na primeira vez comendo papinha de feijão. Me falaram sobre tudo isso. É verdade, Beth? Não sei, é verdade que a gente esquece uma antiga paixão? É verdade que a gente se acostuma com tanta merda na vida?

   Tenho saudade até de levar fora, outro dia falei isso para uma amiga. Era tão jovem não dormir por angústia amorosa. Quem será o homem que vai me dar um filho? Essa busca me lançava para festas a que eu jamais teria gostado de ir, para casas de pessoas que eu jamais gostaria de conhecer. A gente dá a desculpa de que isso é ser "novo". Ah, chega sexta à noite, eu vou ficar em casa? Era tudo o que eu mais queria (ficar em casa), mas não podia porque era "nova". Então ia a peças de teatro a que eu não iria nem amarrada. Topava aquelas viagens com um banheiro para cada sete bundas. Porque era jovem, nova. Porque precisava saber quem era afinal o homem que me daria um filho. Quando eu era criança me distraía de qualquer dor de barriga pensando que era um bebê se mexendo e precisava decidir naquele minuto o nome dele. E era um alívio não ser um bebê e eu não ter que decidir nada.

    Já te contei de um dia que foi bem idiota, acho que meio triste até? Eu estava exuberantemente magra e botei um vestido que hoje não me serviria nem como top de ginástica e fui para uma festa na casa de uma produtora de cinema. Um cineasta todo metido estava lá e falou no meu ouvido "bonita" e eu fiquei achando que poderia comer qualquer ser humano. Daí vi um cara alto, fortinho, que estava de costas, comendo torrada com homus, e falei para ele algo como "vamos?", e ele ficou meio sem graça, pensou em dizer não, mas foi pra minha casa. Foi o pior sexo da minha vida. Não, espera, foi entre os cinco piores sexos da minha vida.

    A pior transa da minha vida foi com o Edu. O Edu tentou fazer um lance tântrico e ficava metendo um pé com chulé na minha cara enquanto massageava a minha virilha com o cotovelo. Cada coisa que a gente faz, Beth.

42.

    Do primeiro obstetra eu desisti porque fez a piada mais machista de todos os tempos. Perguntei quando o cérebro começava a se formar e ele respondeu "depende, se for menina demora bem mais, se é que forma". O segundo era uma espécie de showman, eu lá, cheia de dúvidas e azias e enjoos e anêmica e com dor nas costas... E ele falava sem parar dele mesmo, algumas vezes deixando claro que tinha uma ala especial no hospital mais caro da cidade e o quanto o seu esperma era maravilhoso e a dificuldade de engravidar era total responsabilidade da sua jovem esposa. Não quis ver minha candidíase, acho que se considerava gato, rico e famoso demais para mexer com fungo. Ele tinha receitas prontas na gaveta pra não perder tempo com as "gestontas". O terceiro apertou o botão da cadeira ginecológica para que eu subisse um pouco e foi apertando e apertando, enquanto tentava puxar da memória o que ele estava fazendo ali, e eu fui quase colando no teto. Agora estou com uma mulher. Ela é fria, desinteressada, boceja enquanto faz meu ultrassom, chega a sair lágrima dos olhos, aquelas lágrimas de tédio, sabe?, quando começo a fazer perguntas demais. Acho que procuro uma mãe em todas as pessoas, incluindo na minha própria mãe.

    Ando e fico cantarolando a música "O passo do elefantinho". Não penso com a agilidade habitual, penso como se meu cérebro estivesse sendo sugado para formar outro cérebro. Mas fui eu que caminhei até essa idade, até essa barriga, até esse moletom largo. Não fui arrastada, não fui sequer levada. Acho que até corri para chegar a esse momento. Mais velha, grávida, moletom largo, legumes, minha casa, preferindo curar logo essa azia a ter um novo amor. A gente sente algo quando o bebê encaixa? O.k., vamos chamar de "virar", então. Encaixar é mais pra frente. Adoro quando falam "quando o bebê coroar". Na hora do parto, né? Como se minha vagina fosse uma coroa, o que pode ser bom, se pensarmos na realeza, ou ruim, se pensarmos em velhice. E desde que engravidei só penso em velhice. As pessoas falam "ai que linda" e eu penso "linda eu era com vinte anos". "Nossa, parabéns!", "parabéns eu merecia aos vinte quando ficava pelada". Já falei isso também, né?

43.

Lembro sempre daquela mãe dançando na festa de trinta anos da filha. O marido dela tinha acabado de morrer. O cara não era o pai da minha amiga, era um segundo marido. Essa mesma cena, na minha família, teria causado as mais terríveis fofocas.

Porque para minha família ou você está muito na merda ou você está estupidamente feliz. São pessoas maniqueístas. Se estou grávida, só posso estar muito feliz. Não existe estar feliz e assustada e deprimida. Só que para a minha família, se você está na merda, você é um frouxo que não valoriza as coisas. E se você está feliz, é um idiota egoísta. Nunca se pode estar em paz na minha família. Acho que não se pode estar e pronto. A imagem das casas das pessoas da minha família, com os puxadinhos, as casas vizinhas comunicantes, os apartamentos de muitos parentes no mesmo prédio, é a forma imobiliária que eles deram para a impossibilidade de estar só.

Ali, na festa da minha amiga, era apenas a cena de uma mulher que merecia comemorar os trinta anos da única filha.

Que merecia celebrar a vida que, para ela, continuava. Que sabia sentir dor sem ser inteira feita de dor. Que sabia sentir prazer sem a culpa gigantesca de ter pernas que podiam dançar. Pensei na mãe daquela mãe, na avó daquela mãe. Gerações que puderam crescer menos psiquicamente fodidas do que eu. E agora? O que vai ser da minha filha?

E essa história me lembra outra. Dona Célia, irmã da minha avó materna, se trancou por mais de uma hora no banheiro depois do velório do marido. Já tinha gente querendo derrubar a porta quando ela saiu de batom rosinha e unhas pintadas de vermelho e passou sem dizer nada. Ficou o dia todo assim. Exibindo as cores que nunca pôde ostentar. O pai dizia que era coisa de puta e depois o marido dizia que era coisa de vagabunda.

Aos filhos homens, não cabia ofender uma senhora daquela idade dizendo qualquer coisa parecida com "nunca gostou dele, fingida, falsa", então decidiram que, por estar em choque com a morte do marido, ela tinha enlouquecido.

Semanas depois ela foi internada. Ela, de fato, acho que pelo vício em obedecer a todos, também achava que tinha ficado louca. Talvez a sensação de liberdade, de poder pensar e ser e dizer o que queria, teria soado a ela, e a todos, como doença. Talvez seu único e último suspiro como mulher desejante tenha sido a insanidade.

44.

O telefone tocou pouco antes das seis da manhã e minha mãe atendeu, falou alguma coisa bem baixinho e foi preparar meu café da manhã. Eu sabia que minha avó tinha morrido porque minha mãe falou "eu não vou aguentar". Ela pegou um aparelho de som enorme chamado de "portátil" que ficava na sala e tomou banho ouvindo "Tears in Heaven", do Eric Clapton, no *repeat*, por um longo tempo. Catei meu boneco do Alf o ETeimoso e escrevi um bilhetinho dizendo "mãe, vai ficar tudo bem, te amo" e enfiei entre os dedos do bicho peludo e bizarro. Fiz com que o Alf, segurando a cartinha, entrasse repentinamente no boxe do chuveiro, achando que assim eu alegraria minha mãe. Ela primeiro deu um berro ensurdecedor por causa do susto. Não deve ser fácil perder a mãe e, na sequência, ser interpelada nua por um ET peludo. Depois falou "taqueupariu, Karine, não é hora pra piada, caralho".

Eu devia estar triste, mas tive reações estranhíssimas naquele dia. Lembro de uns ataques de riso e umas piruetas de balé. Lembro do meu avô, esse sim o grande amor da minha vida, me pedindo para não demonstrar felicidade porque era falta de respeito, além do quê, iam me achar doente mental.

Minha avó deitada no caixão com bolinhas de algodão no nariz e um cheiro de flores apodrecendo no calor. Minha avó amarelada, alaranjada, arroxeada, acinzentada. Minhas tias acariciando seu rosto, se despedindo, as lágrimas caindo nas flores que já tinham desistido de ganhar algum refresco. A mão dela com veias gordas arroxeadas, avermelhadas, pretas, estouradas por soros e exames de sangue. As mãos pequenas e juntas. Aquelas mãos infantis e tão velhas me fizeram sofrer por dias, meses, anos e até hoje. As mãos que traziam as roupas passadas e perfumadas. As mãos da mulher que fez uma dancinha pra mim quando eu estava numa pior, tentando sobreviver à infância. Por isso eu tentei dançar para você, vovó. Não foi falta de amor. Por isso eu gargalhei. Porque naquele dia que você dançou pra mim, carregando as roupas passadas a ferro, aquele dia eternamente guardado em meu *"top five momentos de maior amor do mundo"*, eu quis rir muito, mas me controlei e não te dei esse moral. Muitas pintas e rugas nas mãos. A mãe que envelheceu e morreu e deixou a filha com uma filha e um dia essa filha com uma filha. Um dia antes de morrer minha avó falou "cuidado com o que botam na sua bebida". Tenho trinta e cinco anos e jamais aceitei qualquer bebida de qualquer pessoa.

Quando minha mãe teve câncer de pele, ela me fez ir com ela ao Hospital do Câncer e transformou aquela semana num momento dramático e majestoso. Ela alternava entre chamar a doença de "o meu câncer", como se dissesse "o meu cachorro que é muito carente e não me deixa sair de casa", e "o câncer", como se dissesse "a morte apareceu aqui pra jantar e não tinha nada então pedi uma pizza e veio fria". Ela dizia que a pequena verruga nas costas já deveria ter tomado o pulmão e que agora era questão de tempo.

    Fiquei uma manhã inteira com ela no Hospital do Câncer, preenchendo fichas, tentando furar a fila das pessoas com tipos mais graves da doença. Voltamos depois e depois e depois. E por que não procurar um dermato e ir a um hospital e resolver logo isso? Não, ela queria o Hospital do Câncer e eu nunca vou esquecer quanta gente cega e sem perna e sem cabelo e sem gordura no corpo eu vi. Uma hora ela foi atendida, fizeram uma microcirurgia de dez minutos e foi resolvido o problema.

    Nesses dias infinitos no Hospital do Câncer, tentei ininterruptamente descontrair minha mãe. Imitei atrizes, inventei músicas, repuxei da memória todos os causos que já a alegraram antes. Estava dilacerada por dentro e não aguentava mais as mortes que minha mãe fantasiava e anunciava semanalmente, mas metia o nariz de palhaço no cu e seguia com a minha missão de todos os dias: fazê-la se sentir melhor. Ela até ria, sentadinha naquela sala de espera com cheiro de desgraça e finitude, mas uma hora me apertou o braço e falou "quando eu soube que estava grávida de uma menina pensei 'que bom, vai ser minha melhor amiga', mas você, como sempre me alertou a sua avó, não está nem aí pra ninguém".

45.

Quando minha filha virou para encaixar eu dei um grito de dor. Nunca me senti tão revirada e tão assustada por ser um bicho. Estou com contração desde ontem, Beth. Mas elas ainda são espaçadas.
Até agora não sei se o correto é peledural, peredural ou peridural. Ainda não entendi se "a anestesia combinada" é essa tal perealgumacoisa combinada com a rack. Que eu não sei se é rack com CK, raque com QU, ou rac com C mudo. É verdade que a racwhatever dá calafrios e frios porque cai a pressão? Eu tenho a pressão bem baixa.
Minha mãe me perguntou como faz para me perdoar de tantas coisas. O dia que expulsei ela de casa porque ela apareceu sem avisar pela milésima vez e foi entrando e dando suas opiniões agressivas sobre o local ideal para meus móveis que ela considera estranhos, meus enfeites que ela considera baratos e meus quadros que ela considera horríveis. O dia que taquei a bolsa dela com toda a força na parede porque não suportava mais seu jogo "sou esperta o bastante pra te fazer

sentir uma merda mas se você me disser que eu faço isso vou passar mal e sou apenas uma velha e você é cruel" — ela me deu um tapa no braço, sua mão ficou desenhada na minha pele. O dia que ela queria que eu deixasse de viajar para a praia com "seus amigos legais e descolados e ricos e falsos e tudo um bando de filha da puta que ainda vai te foder a vida" para ir com ela a um churrasco de aniversário no Belenzinho, ver as pessoas "de verdade" de que eu deveria gostar e com quem deveria saber conviver "se não fosse uma arrogante filha da puta". Era a festa do filho da mulher que namorava um primo da minha mãe. Como amar pessoas que de fato não me interessavam? E, por Deus, de quem mesmo era a festa? Minha mãe me ligou da Radial Leste pra dizer que estava chorando sem parar, dirigindo muito nervosa e alterada por tarjas pretas, e que se algo lhe acontecesse a culpa era minha. Me odiei tanto, mas tanto, que deixei o José, um garoto que trabalhava comigo nos roteiros de prêmios, enfiar a mão dentro da minha calça e ficar me cavando. Parecia que ele queria abrir espaço pra enterrar um defunto dentro de mim. Eu pedia pra ele parar, pegava minha bolsa pra ir embora e ele me empurrava pro sofá. Eu dizia que queria ir embora e ele me falou "ou deixa ou vai na força". E ele riu e eu acabei rindo e transei com ele. Te confesso que quando começaram com essa coisa do novo feminismo e das mulheres todas contando que já tiveram experiências sexuais violentas eu tive raiva dessas moçoilas fracas e idiotas. Achava que queriam se exibir ou se fazer de coitadas. Mas, Beth, elas estavam certas. Nossa, elas estavam certas.

 E tive vontade de dizer pra minha mãe que eu jamais vou perdoá-la. Não é ela que tem que me perdoar. Eu é que... Apenas olhei seu rosto envelhecido, seu cabelo com falhas mostrando alguns buracos no couro cabeludo, seu corpo pesado e pequeno. E quis beijar seus pés encaroçados de amendoins porque ela será para sempre a minha divindade. A minha deusa, a minha diva. A mulher mais linda que já vi. A mulher que aos cinquenta anos chamava a ginecologista em casa porque ela era sua amiga e as duas ficavam falando de sexo sem parar, e eu ouvindo tudo atrás da porta e sentindo o fígado explodir em ciúmes e ódio porque minha mãe era mulher e gostava de homem e não era apenas uma mãe assexuada que vivia para a filhinha. Minha mãe uma vez tomou Stilnox pra dormir e me ligou completamente drogada e me disse "isso que você tem, que as pessoas gostam, isso que você faz, de ter tantos amigos e namorados, de escrever, de ser engraçada, isso tudo é meu, você pare de se achar tanto porque isso tudo é meu!". Nada meu é dela. Nada meu é dela. Preciso repetir isso todos os dias. Tudo meu é dela.

As vezes que tive crises de ansiedade dentro do avião, quando não conseguia mais controlar o que pensava, quando 673 quadradinhos de perguntas sem respostas abriam em cima da minha cabeça e eu não dava mais conta de ir respondendo e fechando um a um, a única imagem que me acalmava era eu deitada numa maca, olhos fechados, aquecida por uma coberta, desistente de enxergar ou sentir qualquer coisa. Viva, mas simulando um estado fora de combate. Eu para mais tarde, latente e potencial. E então entregaria ao piloto do avião uma carta com o endereço da minha mãe e um cheque de duzentos e quinze mil reais. Era tudo que tinha guardado de dinheiro a minha vida toda. "É tudo que tenho. Agora, se me der licença, quero apenas deitar numa maca, me cobrir, não olhar e não andar. Me entregue na minha casa, por favor?"

Qualquer coisa, chamo minha mãe, eu pensava com cinco anos. Com doze anos. Com vinte anos. Com trinta e cinco anos. Qualquer coisa, ela vem correndo. Ela vem da sala pro quarto, da cidade para a praia. Ela pega um táxi, um ônibus. Ela pega um avião e chega em uma hora, doze horas. Até que ela começou a envelhecer e não fazia mais nenhum cabimento chamar minha mãe na madrugada, pedir que pegasse estradas, rodovias, céu com chuva.

Quantas vezes não chamei minha mãe na madrugada, eu deitada, de olhos fechados, apenas ligava e dizia "estou com aquele negócio, corre". Me arrastava pela casa para deixar a porta aberta. Ela entrava, duas, quatro, cinco da manhã, e se deitava ao meu lado. E fazia suas piadas, me fazia sentir ridícula. O deboche dela, aos poucos, ia me curando. "Isso não é nada, eu tenho, seus avós tinham, não é nada." E eu ia melhorando. Mas por que nunca deram nome, palavra, definição para isso?

Eu que nunca tive piolho, catapora, sarampo, rubéola. Eu que quando tinha uma gripe era "culpa de alguém". Mãe, por favor, me diz o que é isso que eu tenho? Negócio, treco, troço. Acho que quero escrever os roteiros de cinema para poder dar nome à angústia de toda a minha família.

46.

Minha filha, quando eu estava na maca para cortarem a minha barriga e eu finalmente te conhecer, uma enfermeira escreveu na lousa o seu nome. Você escrita e não mais o enjoo que me chutava e socava. Minha filha escrita e não mais ouvir sobre ter uma filha. "Quem é que vem por aí?", uma outra enfermeira perguntou. A minha filha, eu falei, orgulhosa.

Foram mais de dois dias de contrações e meu corpo não dilatou nem um único centímetro para que você passasse. Eu não estava pronta pra ser mãe quando transei, quando engravidei nem quando você quis nascer. Passei a vida inteira sendo filha, nunca tive que me preparar pra isso, e era filha o tempo todo, de todo mundo. Ainda assim, minha mãe sempre disse que eu sou uma filha de merda.

Te levantaram para que eu te admirasse pela primeira vez e eu falei, um tanto grogue, "olha, eu não estou mais grávida!".

Mais tarde, no quarto, perguntaram se podiam te levar para que eu descansasse um pouco da cirurgia e da anestesia e da morfina e da gravidez e de ser esposa e de ser filha e de ter nascido e de não ter feito nenhuma dessas coisas do jeito que eu queria e achei ótimo. Apagaram a luz. Passei a mão pela barriga e eu era novamente um corpo só. Tudo de volta ao normal. Agora era esperar tirar os pontos e abandonar meu marido e essa bebê. Voltar para meu pequeno apartamento na Cajaíba e ser novamente solteira, sexual, jovem, tarada, infeliz. Pessoas melhores que eu cuidariam de você. Eu me ocuparia em não morrer, apenas. E, um dia, daqui a umas semanas ou meses ou anos, tentaria ser uma boa mãe e te amar igualzinho dizem que é o certo quando se tem um filho.

Quinze minutos depois escutei um choro, e o choro foi ficando mais forte e mais alto e mais perto. Era a enfermeira te trazendo de volta pelo corredor. Meu coração foi ficando mais forte e mais alto e mais perto da minha boca.

Acenderam a luz e, antes que as palavras "tirem essa bebê daqui agora" saíssem, senti uma urgência em te abraçar e te esquentar e dei um pulo da cama esquecendo completamente do corte na minha barriga. Doeu tanto que dei risada. E você ouviu minha risada e parou de chorar. Então não senti a maior emoção da minha vida, muito menos a maior felicidade de todos os tempos, mas tive certeza absoluta de que eu jamais vou te deixar.

1ª EDIÇÃO [2020] 2 reimpressões

ESTA OBRA FOI COMPOSTA EM MERIDIEN PELO ESTÚDIO O.L.M. / FLAVIO PERALTA
E IMPRESSA EM OFSETE PELA GRÁFICA BARTIRA SOBRE PAPEL PÓLEN BOLD
DA SUZANO S.A. PARA A EDITORA SCHWARCZ EM JANEIRO DE 2022

A marca FSC® é a garantia de que a madeira utilizada na fabricação do papel deste livro provém de florestas que foram gerenciadas de maneira ambientalmente correta, socialmente justa e economicamente viável, além de outras fontes de origem controlada.